Charly Lehnert

Weihnachten im Saarland

Geschichten und Gedichte

LEHNERT VERLAG

KLEINE SAARLAND-REIHE

Charly Lehnert

Weihnachten im Saarland

Erzählungen und Gedichten aus dem Saarland

Lehnert Verlag
Tannenstraße 7
66129 Saarbrücken-Bübingen
Telefon (06805) 207 86-0
Telefax (06805) 207 86-1
lehnert-verlag@t-online.de
www.lehnert-verlag.de

ISBN 978 3-926320-93-3

Buchgestaltung:
CharlyLehnert

Fotos und Illustrationen:
Charly Lehnert (S. 8, 13, 41, 44, 71, 96)
Sammlung Max Wentz, Historisches Museum Saar (S.25)
Wilfried Götzinger /(S. 65, 67)
Pat Thiebaut (S. 23, 37, 53, 57, 59, 89)
fotalia: 10192194-L, Titelseite / 4882855 (S,7),
10952339 (S. 11), 10558732 (S. 15), 5778380 (S. 35),
18020991 (S. 49), 10996823 (S. 74), 17997326 (S. 80),
19650418 (S. 90)
Volker Schmidt (S. 29, 38)
Touristik Zentrale Saarland (S. 79)

Druck- und Verarbeitung:
Laub GmbH & Co KG, Elztal-Dallau

Printed in Germany

Aus dem Inhalt

Die besten Wünsche
für ein frohes Weihnachtsfest
und ein gutes neues Jahr

Charly Lehnert:

Macht ein Licht an!

Nur noch wenige Tage... dann beginnt die Adventszeit. Vor Tagen schon fielen weiße Flocken vom Himmel und unüberhörbar schallt auf allen Kanälen der Ruf aus der Werbewelt: „Es Chrischdkindsche kommt! Hann ihr schon eier Geschenke kaaf?“

Advent, Advent, ein Lichtlein brennt. Eins?! Millionen sind’s! Die Menschen rahmen neuerdings ihre Fenster mit Glitzerlichtern ein, hängen sie in Büsche und Bäume. Sieht hübsch aus. Manche installieren bunte Lauflichterketten. - „Sieht aus wie uff da Kerb!“, meint meine Frau. Und sie hat Recht.

Die Industrie hat dafür gesorgt, dass seit Jahren viele Eigenheime und vor allem die Konsumstätten wie Glitzertempel aussehen. Mit Zimt, Nelken und Kardamom, mit hunderttausend Lichtern werden all unsere Sinne angesprochen. Der Countdown läuft. Dabei soll der Advent Tage der Besinnlichkeit bringen. Für mich als Evangelischer begann das früher am Buß- und Bettag. Aber den haben uns die Herrscher über die Arbeitswelt genommen. Es liegt in diesen Tagen an uns, ein Licht anzumachen, uns zur Ruhe kommen zu lassen, über einiges mal ruhig nachzudenken.

Ein Herr Müller aus Weimar hat vor etwa 200 Jahren davon berichtet, dass Herr Geheimrat von Goethe als seine letzten Worte im Diesseits gesagt haben soll: „Mehr Licht!“. Und viele Bewunderer des Dichterfürsten haben Philosophisches dahinter vermutet. In Wahrheit, ohne Dichtung, hat er sicherlich gesagt: „Macht doch einen zweiten Fensterladen auf, damit mehr Licht hereinkomme!“

Nach einer Redensart soll man sein Licht nicht unter den Scheffel stellen. Mir ist aufgefallen, dass in unseren Nachbarländern, vor allem den südlichen, jede Stadt und fast jedes Dorf markante Bauwerke anstrahlt, oft historische Gebäude, zumeist

Kirchen oder Rathäuser, Landschlösschen, Burgen, Ruinen und vieles mehr. Man ist stolz darauf, sie zu besitzen, macht abends das Licht an und verweist auf ihre Schönheit und Bedeutsamkeit.

Auch im Saarland beleuchten wir in Stadt und Land ganzjährlich markante Baudenkmäler, sogar Industriedenkmäler wie die Alte Völklinger Hütte, die von der UNESCO zum Weltkulturerbe erklärt wurde. Nicht nur Jahrhunderte alte Gebäude werden ins rechte Licht gerückt, sondern auch solche, die erst etwa hundert Jahre auf dem Gemäuer haben. Ein Beispiel: das neugotisches Rathaus St. Johann in Saarbrücken, das um 1900 errichtet wurde und seit der Vereinigung der Saarstädte Saarbrücken, St. Johann und Malstatt-Burbach im Jahr 1909 Sitz der Stadtverwaltung ist. Seit Jahren wird abends der Bau wunderschön angestrahlt und zusätzlich ertönt sogar ein Glockenspiel.

Seit Ende der 1970er Jahre, als die neu eingerichtete Fußgängerzone St. Johann eingeweiht wurde, werfen am Markt und ringsum in den historischen Gassen eigens für dieses Gebiet entworfene Lampen ihr sanftes Licht auf die bei halbwegs sonnigem Wetter das gesamte Jahr über hier im Freien sitzenden Besucher, auf ihr Bierchen, ihren Latte macciato oder ihren Crémant. Und auf den Freiterrassen der Lokale italienischer Saarländern stehen hier, wie auch in Saarlouis oder anderswo im Saarland, nach alter Tradition romantische Kerzenlichter auf den Tischen. Auf der anderen Saarseite ist das Schloss angestrahlt und am schönsten Barockplatz im Südwesten, dem Ludwigsplatz, die Ludwigskirche und die Palais ringsum.

Rechtzeitig vor dem 1. Advent schaffen die Kaufleute überall in den Geschäftsstraßen mit Weihnachtsbeleuchtungen und weihnachtlichen Dekorationen ihrer Schaufenster für die Kunden eine besondere festliche Athmosphäre. Auch die Gastronomie zieht mit und stattet die Räume und Tische in den Lokalen zumeist mit weihnachtlichen Dekorationen aus. Und wer daran zweifelt und meint, das dieses Bemühen nicht umsatzträchtig ist, dem sei gesagt: Macht ein Licht an!

Werner Treib:

Deer klään Wonschzeddel

Kreschkendchin hellef óns,
dat mer gutt wielen (wählen),
hellef óns,
dii Gudden se zielen (zählen).

Kreschkendchin
hellef déer Saa
em Bett ann newen draan.
Komm Kreschkendchin,
stell dich net aan!

Kreschkendchin
hellef déer Hitt,
denn Lompen net.
Hellef déer EG;
breng se off de He.ih.

Kreschkendchin
hellef dat de Bauern kre.in,
wat se sollen,
sonscht messe mer et Geme.is
bei denn Polen hollen.

Kreschkendchin
hellef denn kläänen Geschäfter,
sonscht gäät et óns schlechter.
Komm Kreschkendchin,
mach kää Geweeschder !

Kreschkendchin
hellef ans, wä mer óff U.alaub fle.ijen,
gef ans billich Pènsin.
Hellef dat mer de Voafoahrt achten,
gutt schloofen ann iwwernachten.

Kreschkendchin
gef óns Gesondhêt ónn Frääd,
hellef aach denn Kranken,
dii doun óns lääd.

Kreschkendchin
holl óns naischt kromm,
strôf net met Cattenom
sonscht - ess alles romm.

Gerd Meiser:

Der Weihnachtshund

„Mein Gott“, sagte Meins zu mir (obwohl ich ihm schon mehrfach gesagt hatte, es genüge, wenn Ähs mich mit meinem Vornamen anrede), aber Ähs sagte: „Mein Gott, wir müssen noch den Christbaum aufstellen!“ Das „wir“ hieß allerdings „du“. Den pluralis majestatis verwendet Meins immer, wenn Ähs etwas von mir will. Ich musste demnach den Christbaum in den Christbaumständer klemmen und den Baum auch noch schmücken.

Letzteres tat ich gerne, da diese kreative Tätigkeit mir liegt. Doch das Befestigen des Baumstammes in dem Ständer verursachte mit einige Probleme, zumal ich nicht mal nen Nagel in die Wand schlagen, geschweige denn einen Tannenbaum in einen Christbaumständer schieben kann.

Nach gut zwei Stunden stand der Baum in etwa gerade. Er hatte, was mein Misstrauen gegenüber Grün untermauerte, einen Hang nach links. Aber er stand. Mein Hund kam ins Zimmer. Er verharrte, ließ sich neben mir nieder und wedelte zufrieden mit seiner Schwanzspitze. Wie wir so da standen und beide zur Christbaumspitze hochsahen, boten wir ein geruhsames, weihnachtlich-friedliches Bild.

Kurz darauf löste sich der Hund aus seiner Bewunderung und tänzelte um den Baum herum. Er schnupperte, schnüffelte, wurde unruhig - und (da hatten wohl Generationen von Füchsen just an dieser Tanne ihre Markierungszeichen gesetzt) er hob das Bein, hinten links und - Fichten sind heutzutage sauren Regen gewöhnt - aber unser Teppichboden nicht. Mit einem jähen Schrei warf ich den Pantoffel in Richtung Hund, die weihnachtliche Stimmung vergessend und traf exakt den Christbaumständer, worauf der Hund das Weite und der Christbaum das Parterre suchte. Die Aufbauprozedur begann aufs Neue.

Dieses Mal sicherte ich den Baum - er hatte immer noch einen Linksdrall - mit mehreren Fäden. Danach hob sich der Vorhang zum zweiten Akt: Das Baumschmücken begann. Es gelang mir prächtig. Lediglich das Aufsammeln der zahlreichen Splitter zerplatzter Christbaumkugeln vom Teppich war etwas mühsam. Auch hing überall im Zimmer Lametta herum, da ich „O, du fröhliche" singend um den Baum geschritten war und die Silberfäden mit künstlerischer Hand in Richtung Baum geworfen hatte. Ich traf nicht immer. Die Lampe war daher auch mit Lametta behängt. Der Hund kam wieder ins Zimmer.

Er tat, als wäre nichts gewesen und setzte sich neben mich. Beide schauten wir voller Bewunderung den Baum an. Da erhob sich der Hund gemächlich, schwänzelte, lief um den Baum herum, schnupperte, schnüffelte, wurde unruhig - und - doch ehe er das Bein hinten links heben konnte, tat ich einen erneuten Aufschrei und warf meinen Pantoffel nach ihm. Blitzschnell wich er dem Wurf aus und rannte gegen den Baum. Die Sicherungsfäden hielten nicht. Der Baum schüttelte sein prächtig geschmücktes Kleid, erzitterte in seinem Wipfel und neigte sich ganz langsam zur Seite (nach links). Dann kippte er.

„Kling, Glöckchen, klingelingeling", machten die Klingglöckchen am Baum. Und auch die zerberstenden Christbaumkugeln machten „Klingelingeling!" Klingelingeling machte es, und die Kinder jubelten ins Zimmer: „Iss schon Bescherung? Iss schon Bescherung?“ riefen sie. Und Meins sagte wieder: „Mein Gott“, was angesichts der zerfetzten Christbaumkugeln und des daniederliegenden Baumes nun wirklich nicht angebracht war.

Gemeinsam hoben wir den Baum hoch, rafften die noch nicht kaputten Christbaumkugeln zusammen, spannten Faden um Faden, Seil um Seil, so dass die Tanne wie ein gut gesicherter Fernsehmast aussah, und dekorierten neu. Der Baum stand ... Der Hund kam ins Zimmer ... Früher hatte es in unserem Haus einen alten Waffenschrank gegeben mit alten Gewehren. Doch die Amerikaner hatten uns nach dem Kriege die Flinten weggenommen. Das ist nun über 40 Jahre her. Jener Amerikaner aber, der uns 1945 die Gewehre geklaut hat, hat diesem Hund das Leben gerettet.

Eigentlich schade, denn nun gestalteten sich die Feiertage sehr hektisch. Statt Weihnachtslieder hörte man in unserem Hause nur: „Gehschde weg, gehschde weg, ksch, ksch, hau ab, gehschde weg!...“

Elmar Hein:

Häälich Naht

Eich hätt' so gär n'de Weihnachtszeit
och allen môl gesaht:
Et kreischen vill, vill ahrem Leit
ach in da Häälich Naht.

Un Honger, Elend iwwaall,
dô wird of deich gewaht.
Un mancher hofft of't Kend im Stall
net nur diss Häälich Naht.

Mir Menschen sen doch wirklich domm!
so weit han mir dat braht:
Et brengt der ähn denn annan omm,
sogar in disser Naht.

Millionen - van dahemm vadrief -
met Hemmweh voll belad',
hann vill, hann alles abgeschrief.
Un aach de Häälich Naht.

Wer van uhs pinzt fo 'n Klänigkät,
dem hätt' eich gär gesaht:
Wie gutt, wenn der den Fridden hätt',
den van de Häälich Naht.

Im Lehwen mehnt eich sonscht ga neischt,
un hätt' gär drof gewaht:
dass ähnmôl ga kä Mensch meh kreischt
in so a Häälich Naht.

Charly Lehnert:

Der globalisierte Weihnachtsmann

Er sitzt am Eingang zum Supermarkt, steht in der Spielwarenabteilung des Kaufhauses, zeigt sich im Baumarkt, schreitet über den Weihnachtsmarkt oder platzt mit Klingeling in die Betriebsfeier und ruft: „Hoo-hoo-hoo!“ Sein Bild nutzt Produkten auf Plakaten, in Anzeigen und Druckschriften: Der Weihnachtsmann.

Mit roten Backen, rotem Mantel und weißen Borden, Zipfelmütze, Silberlockenbart und geschultertem Sack sorgt er verkaufsfördernd für das dauernde Klingeling der Kassen in den Wochen vor dem Heiligen Abend. „Nikolaus ist ein guter Mann...“, singen die Kinder und er selbst sagt: „Von drauß vom Walde komm ich her...“.

Neuerdings sieht man ihn auf manchen Abbildungen nicht mit Rehen vor dem Schlitten, sondern mit Rentieren. Klar, der rotwamsige Weihnachtsmann ist erst in den vierziger Jahren von einem Werbezeichner erfunden worden, kam mit Rentierschlitten vom hohen Norden und zierte zuerst mit seinem Bild die Dosen eines weltweit bekannten koffeinhaltigen Getränkes. Seine Figur gibts also noch nicht so lange.

Seine Kirchenferne und Konsumnähe hat eine andere kultige Figur der Vorweihnachtszeit ziemlich verdrängt: den heiligen Sankt Nikolaus. Der war ein Bischof und lebte vor 1600 Jahren in der Stadt Myra in Kleinasien. Als „Sinterklaas“ kommt er in den Niederlanden als Schutzpatron der Seeleute in der Woche vor dem 1. Advent zu den Menschen. Auch bei uns ist er Schutzpatron der Schiffer und Bäcker. Und bei unseren Nachbarn in Lothringen ist er seit langer Zeit einer der wichtigsten Heiligen.

Die Skandinavier feiern am 13. Dezember das Luziafest und verehren das Licht, gehen am Heiligen Abend in die Sauna, setzen sich unter den Lichterbaum und essen einen „Jul-Schinken“. Die Engländer sitzen unter Stechpalmen und Mistelzweigen, essen Plumpudding mit Hard-Sauce und warten auf den Santa Claus. Der ist im eisigen Norden in Lappland gestartet, am Fuß des Berges Korvatunturi, hat nicht viel auf dem Lappen und im Sack. Hurtig flitzt mit seinem Rentierschlitten durch die Gegend. Der „Père Noël“ bringt in Frankreich am Heiligen Abend den Kindern Geschenke, stopft ihnen über Nacht die Stiefel voll. In Spanien erhalten die Kinder erst am 6. Januar Geschenke, überreicht von den heiligen drei Königen.

Bei uns, vor allem auf dem Land, schreitet er hie und da noch mit goldverzierter Bischofsmütze und Bischofsstab durch die Vorweihnachtszeit und da er die Guten belohnt, der liebe Nikolaus ist, hat er noch den Knecht Ruprecht dabei, den „Belzeniggel“ mit rasselnden Ketten und einer Rute, mit der er die Bösen schwarten will, alle, die sich „net geschiggt hann“. Früher führte er noch da und dort die „Himmelsgeiß“ mit sich. In der Weihnachtsnacht beginnen sodann die zwölf heiligen Nächte.

Die Globalisierung der Wirtschaft und die Satellitenschüsseln haben alles verändert. Sie bringen den rotweißen Werbeweihnachtsmann in die Stuben, rund um den Globus. Und somit ist heute der globalisierte Weihnachtsmann die erfolgreichste Marketingfigur aller Zeiten.

Der liebenswerteste aller Weihnachtsmänner ist bei uns im Saarland aber immer noch der Niggelòòs, der am 5. Dezember, am Niggelòòs-Òòmend zu den Kindern kommt. Neuerdings, weil Schenken so großen Spaß macht und auch mit Geschenkeeinkaufen die Wirtschaft beflügelt, erhalten in manchen Familien auch die Erwachsenen eine Kleinigkeit. Zumindest aber eine hübsch angerichtete Schüssel mit allerlei Gebäck - für die Sießschniss.

Eine nette Nikolausgeschichte habe ich selbst erlebt. Denn einer von den am Nikolaustag herumeilenden Weihnachtsmännern wohnte bei uns in der Nachbarschaft, hieß bürgerlich Josef Helmer und verdingte sich immer am 6. Dezember bei den Familien ringsum im Wohngebiet als „de Niggelòòs“.

Einmal kam er zu Nachbarskindern, einem Mädchen und einem Jungen, klopfte an die Tür - und nach einem „Herein!“ trat er in die gute Stube ein, wo das Geschwisterpärchen und seine Eltern bereits warteten. Vater und Mutter gaben sich, obwohl sie ja wussten was kommen würde, überrascht.

Da sagte der Weihnachtsmann mit dunkeler Brummstimme: „Na, ihr Kinderlein, seid ihr auch immer brav gewesen?“ Beide nickten wortlos und bekamen vor lauter Aufregung kein einziges Wort über die Lippen. Zu dem Mädchen gewandt wollte er wissen:

„Na, wie heißt du denn, meine Kleine?“

„B... B... - Birgit“, kam es recht zaghaft zurück.

„Das ist aber ein schöner Name“, sagte freundlich der Nikolaus, der - wie bereits erwähnt - in seinem bürgerlichen Leben Josef Helmer hieß.

„Und nun du mein Junge“, wandte sich nun der Nikolaus an ihren Bruder, „sag mal, wie ist denn dein Name?“

Da sagte der Kleine mit selbstbewusster Stimme: „Ich? - Ich heiße Josef!“

Da rief der Nikolaus:

„Josef? - So so! - Das ist ja toll! Da heißt du ja genau so wie der liebe Nikolaus!“

Friedel Ehrbächer:

Advent

Advent, Advent, das iss die Zeit
Wo jeder sich uffs Chrischdkind freit

Damidd das nidd so weit muss laafe
Gehn mir jed' Jòhr Geschenke kaafe

Aach Gliehwein, Glocke, was Feines zum Esse
Duun Plätzjer backe, de Baam nidd vergesse

Vun demm haut de Vadder, unn nidd ze knapp
Middem Beil dreimòl e Schdiggche ab

Zum Schluss hann mir soo e klääni Tann
Dò passe graad drei Kerze dran

Unser Oma kummt aus da Kisch gerennt
In da Hand e Glas Wasser, fall's Bäämche mòl brennt

Doch dann, wie die Tagesschau pinktlich um acht
Kummts Chrischdkind zu uns, dann iss Heilische Nacht

Charly Lehnert:

Pfeffernüsse und Blütenzweige

„Chrischdkindsche, komm in unser Haus, unn leer dei goldenes Säggelsche aus". So sangen und singen die Kinder in unserer Gegend in Erwartung des Weihnachtsfestes. Treffender ausgedrückt darauf, dass am 24. Dezember es Chrischdkindsche kommt und sie reichlich beschenkt.

Wie in der Fastenzeit vor Ostern bereiten sich vier Wochen vor Weihnachten gläubige Christen auf die Geburt des Heilandes, des Erlösers vor. Seit Mitte des 16. Jahrhunderts gilt die Adventsliturgie, die Papst Pius V. festsetzte. Auf vier Sonntage festgelegt wurde die Fastenzeit jedoch bereits durch Gregor den Großen im 7. Jahrhundert. In der Zeit zuvor hatte man sich am 11. November eine Martinsgans reingestopft und durfte dann bis zum 6. Januar, dem Epiphaniastag, weder tanzen, noch singen oder frohlocken, Rechtsgeschäfte machen oder andere profane Dinge treiben.

Auf die heilbringende Wirkung von Kräutern, die früher in Klostergärten angebaut wurden, ist der Einsatz von Würzpflanzen bei der Zubereitung von Weihnachtsgebäck zurückzuführen. Fremdländische Gewürze wie Anis, Nelken, Zimt oder Kardamom nannte man allgemein Pfeffer. „Pfeffernuss und Mandelkern haben alle Kinder gern". Gewürze sollten im neuen Jahr der ganzen Familie Gesundheit bringen.

Ein gesundheitsförderndes Wintergebäck ist der Leb-Kuchen. Das althochdeutsche Wort ‚Leb' bedeutet Leben. Vielleicht haben die Supermärkte diese Kuchen deshalb ganzjährlich im Angebot. Die schlauen Geschäftsleute hoffen wohl, dass ihre Kunden allezeit nicht über Krankheiten zu klagen haben und ihnen erhalten bleiben.

Traditionell wird am 4. Dezember alljährlich von den Bergleuten das Fest der heiligen Barbara gefeiert. Sie wird von den katholischen Christen verehrt. So auch im Saarland. Jedenfalls von denen, die in diesem traditionellen Berufszweig noch übriggeblieben sind. Ein vorweihnachtliches Brauchtum unserer Saarregion sollten wir uns bewahren, eines mit hoffnungbringenden Zeichen. Und so wirds gemacht:

Am St. Barbaratag schneidet man nach alter Sitte Kirsch-, Apfel- oder Birnbaumzweige und stellt sie in Wasser. Wenn sich in den Tagen vor Weihnachten an den Zweigen Blüten zeigen, weiß oder zartrosa, je nach Baumart, soll das als Zeichen der Hoffnung segensreich sein und ein gutes neues Jahr versprechen.

Mancherorts nutzten die Mädchen in alter Zeit im Advent Blütenzweige auch als Orakel. Sie wollten wissen, was auf sie zu kommt. „Sie wollte gugge, ob se ähner abkrien", ergänzt treffend meine Frau. Deshalb stellten sie für jeden ihrer Verehrer einen Zweig ins Wasser und hofften darauf, dass der, dessen Zweig zuerst blühte, bei ihren Eltern um ihre Hand anhalten und sie bald heiraten werde.

Mein Rat: „Alleh dann, wer noch allään is, e Singel, - es iss noch net zu spät. Stellen heit noch dabber e paar Zweige in e Wasserdibbe! Vielleicht klappts dann!"

Adventszeit
in Lothringen:

Alle warten auf den Weihnachtsmann - auch das Christkind, der heilige Nikolaus und sein Knecht Rupprecht

Hans Jager:

Kää Weihnaachdslied

De Leierkaschdemann
is wirglisch nid gudd draan.
Er leid schon drei Johr uff der Strooß,
so lang is der schun arwedslos.
Spield in der Käld e Lied,
for Grosche un's Gemied.
E Lied, e Lied,
e Weihnaachdslied.

De Kumbel in der Grub
is draan beim näägschde Schub.
Do gebbd er, das is ihm gewiss,
grad wie die Kohle rausgeschmiss.
Er wääß, dass ihm das bliehd.
Ob denne dreeschd e Lied?
E Lied, e Lied,
e Weihnaachdslied?

Die Oma unnerm Dach,
allään un alderschwach,
had kä Kind meh un kä Keeschel,
nur noch zwei Kanarieveeschel,
un is so lääwensmied
Had längschd vergess e Lied.
E Lied, e Lied,
e Weihnaachdslied.

E annerer, der had Aids.
Singd awwer gradselääds,
weil kenner ihne meh kann leide
un ne all sei Freinde meide
un weil's ne abwärds ziehd
zum Himmel ruff e Lied.
E Lied, e Lied,
e Weihnaachdslied.

Aach der Obdachlose,
wo beddeld for Almose
un haud se druff, nur for de Suff,
denn nüschdern gehd em
sunschd die Muff
vorm Lääwe, so als Nied,
kinnd singe aach e Lied.
E Lied, e Lied,
e Weihnaachdslied.

Un der aus fremden Land,
vun dehemm verband,
wo mennd, dass ihm die reische Grischde
e gläänes bissje helfe missde,
gridd Schlää un geddb gemied
un ausgeschloss vum Lied.

Vum Lied, vum Lied,
vum Weihnaachdslied.
E Lied, e Lied,

E Weihnaachdslied
is nix, wenn nix debei geschiehd.

Un wer for sisch kä Hoffnung siehd
brauchd meh, wie ebbes for's Gemied.
Ebbes, wo nid schnell verfliehd,
wie e Lied, e Lied,
e Weihnaachdslied.

Alt-Saarbrücken im Winter zur Mitte der 1930er Jahre, Blick von der Suppengasse aus zur Schlosskirche

Alfred Gulden:

Häälich Òòwend

Häälich Òòwend es;
änt es gewess:
bis häm es vill se wait
bis häm es kääme Zait.

Of da Autobaan
rächts raussefaar
en de Waldweech ren
de lòscht alles sen
es dii änzich Sach
dii geft gemach.

Un dann schdeschde dòò
un da Wald es blòò
un da Mòònd laaft lòò
un et es kaan Fròò:

Hej beschde ganz allään
hej kannschde en daich geen
hej kannschde bai da sen:

Òòne Schänkarai
òòne Sengarai
òòne Glotzarai
òòne Frässarai
òòne Saufarai
òòne Beedarai
òòne Liinarai
beschde hej dabai!

Häälich Òòwend es;
dat es gewess
kään Schann.

Ludwig Harig:

Der Gott aus der Maschine

Es ist bitter, wenn eine Kuh weint. Eine Kuh weint nicht aufs Geratewohl. Sie steht nicht da, stampft grundlos irgendeine Absicht aus dem Boden und heult drauflos, sie fällt auch nicht mir nichts, dir nichts mit dem Scheuertor ins Haus und lässt hemmungslos ihre Tränen fließen, o nein, wenn eine Kuh weint, dann hat sie Ursache dazu, und ich kann mir nicht vorstellen, wie jemand ungerührt dabeistehen kann, wenn eine Kuh der Trübsinn übermannt. Ja, es ist bitter, wenn eine Kuh weint, und wem je in seinem Leben einmal die Petersilie verhagelt ist, der schaut eine weinende Kuh mit sehr verstehenden Augen an. Die Kuh, die ich habe weinen sehen, war eine Kuh aus Pappmaché, ja es war noch nicht mal eine Kuh aus Fleisch und Blut, aber diese angemalte Kuh aus Pappmaché hat so jämmerlich geflennt, das ich mir denken kann, wie wohl erst eine richtige Simmentaler, eine wirkliche Allgäuer, eine leibhaftige Pinzgauer losheult, wenn ihr das Herz zerbricht.

Diese Kuh aus gepresster Pappe stand in meiner Weihnachtskrippe, bei Maria und Joseph, bei ein paar Hirten und Schafen, alle aus Pappmaché und bunt angemalt; doch wenn dies nicht gerade die Zeit gewesen wäre, als wir anfingen, an diesen bedeutungsvollen Spielsachen zu zweifeln, wir, mein Bruder und ich, wenn wir nicht das plötzliche Verschwinden der frisch gebackenen Weihnachtsplätzchen und das geheimnisvolle Schmücken des Christbaums, wenn wir nicht das mysteriöse Brimborium im Bescherungszimmer mit anderen Augen anzusehen begonnen hätten, ja, wenn nicht gerade in diesem Augenblick eine ganze Welt zusammengstürzt wäre, wer weiß, diese weinende Kuh in der Weihnachtskrippe hätte mich bis ins innerste Herz getroffen.

Aber da nun schon einmal die ganze Welt in Trümmer ging, da der Osterhase und der Klapperstorch, der Nikolaus und das Christkind ihre übernatürlichen Kräfte einzubüßen begannen, da die Flügel der Weihnachtsengel zu schrumpfen und ihre Heiligenscheine zu verblassen anfingen, entschloss sich mein Vater zu einer rigorosen Tat, zu einer sorgfältig geplanten und rücksichtslos ausgeführten Operation, zu einem Gewaltakt, mit dem das drohende Unheil unseres Glaubensverfalls nicht nur aufzuhalten, sondern auch abzuwenden gedachte, und es war niemand anders als er selbst, der durch diese brachiale Aktion die Kuh zum Weinen gebracht hat.

Aus verständlichen Gründen war es ihm unerträglich geworden, dass mein Bruder und ich eine Reihe von Zusammenhängen nicht mehr in der gleichen Weise wirken lassen wollten, wie er es für richtig hielt, nämlich als ursächliche. Was war geschehen? Meine Mutter, beim Anblick eines winterlichen Abendrotes, sagte: „Gucke mòl, es Krischdkindsche backt Zuckerzeich!“, und ich sah, anstatt dieser gigantischen Himmelsbäckerei, meinen kleinen Bruder an.

Mein Vater hob beim Wehen des Abendwindes den Vorhang des Küchenfensters ein wenig an und sagte: „Awei isses dò langs geflòh!“, und mein Bruder, anstatt im göttlichen Windhauch zu verstummen, fing an zu lachen. Du meine Güte, diesem kindlichen Agnostizismus wollte er ein für alle Mal ein Ende setzen, und so verfiel er auf diese unvergleichliche Idee, an der sogar die Kuh in der Krippe noch zu löffeln hatte.

Nicht, dass Vater je ein gläubiger Mensch gewesen wäre, im Gegenteil. Vater war ein Heide. Er glaubte weder an Gott noch an den Teufel, weder an den Osterhasen noch an das Christkind, und so darf er, obwohl er in die Gnade Gottes eingetaucht war, unverblümt ein Heide genannt werden. Als heidnischer Mensch, aber getauft und konfirmiert, hing er Zeit seines Lebens einer mechanistischen Erklärung der Welt an.

Oh, wie hätten ihm Lamettries Maschinenmensch, wie hätte ihm Descartes Zirbeldrüsenautomat, wie hätte ihm Goethes Sonnensystematik gefallen, wenn er sie je

kennengelernt hätte; diese tönende Sonne, die Sonne, die sogar mit den Planeten um die Wette tönt und die mit Donnergetöse auf vorgeschriebene Weise durch die Sphären wandert, ja, das hätte ihm gefallen, „das sanfte Wandel“, wie Goethe sagte, dieses glatte Funktionieren nach Maschinenart, das hätte ihm eingeleuchtet, „dass die Gedanken etwa in dem selben Verhältnis zum Gehirn stehen wie die Galle zur Leber oder Urin zu den Nieren“, wie es der Naturforscher Carl Vogt im vergangenen Jahrhundert beschreibt, ja, dieser plausible mechanistische Materialismus, das war seine Welt.

*

Es war an einem Heiligen Abend, irgendwann zu Anfang der 1930er Jahre, als Vater seinen Plan zur Rettung unseres Glaubens in die Tat umsetzte, wobei er auf ganz mechanistische Weise den Nachweis erbrachte, dass die Galle tatsächlich als Gedanke der Leber, und dass der Urin als Idee der Nieren gelten dürfen, indem sie nämlich Ärger und Schlacken ausschwemmen lassen, die Körper und Geist unaufhörlich bedrohen. Während mein Bruder und ich bei Gertrud oben im Nähstübchen saßen und Weihnachtslieder sangen, brachte er unten im Bescherungszimmer in der Krone des Christbaums das Weihnachtsglöckchen an.

Schon das Entsetzen des üblichen Wipfelschmucks durch dieses Weihnachtsglöckchen war für ihn ein außergewöhnlicher Akt. Dieses Weihnachtsglöckchen, ein ganz einfaches Metallglöckchen mit Holzstiel, dessen Klingeln wir Jahr für Jahr unter den Christbaum gefolgt waren, worauf wir aber den ganzen späten Nachmittag des Heiligen Abends gewartet hatten, ohne zu wissen, welche zarten Finger es schließlich hervorrufen würden, dieses Weihnachtsglöckchen sollte in diesem Plan die entscheidende Rolle spielen.

Wer weiß, warum Mutters Eltern zum Beispiel einen Engel auf die Spitze ihres Christbaumes gesetzt hatten; wir jedenfalls, als eine evangelische Familie, die der

Existenz der Engel mehr skeptisch als neutral gegenüberstanden, hatten unseren Christbaum mit einer Spitze gekrönt, einer in ihren bauchigen Teilen hochglänzenden Silberspitze, eine Spitze, die eher einer Lanzenspitze, einer Hellebarde als einem Baumschmuck ähnlich sah, was ja auch etwas über die militärischen Zusammenhänge aussagt, die in unserer Familie immer eine Rolle gespielt haben. Jedenfalls auf unserem Christbaum saß eine Spitze, auf dem Christbaum von Opa und Oma saß ein Rauschgoldengel.

Mein Vater hatte also an jenem Heiligen Abend das Weihnachtsglöckchen in die Spitze unseres Christbaums gehängt, und zwar in die natürlich gewachsene Spitze des Baums. Vom Stiel dieses Glöckchens aus spannte er nun eine hauchdünne Schnur zu der Wandecke entlang abwärts über die Fußleiste des Wohnzimmers, an der inneren Leibung der Tür vorbei, durch den Flur hinter der Kleidergarderobe in Richtung der Küchentür, dort hinter dem unteren Scharnier hindurch in die Küche, wo er sie im Handlauf des Herdes festband.

Diese Schnur, ein Zwirnsfaden von „Gütermanns Nähseide Extra stark“ aus Gertruds Nähstube, verlief in einem sinnreich ausgeklügelten Haken- und Ösensystem, einem Hebelwerk von allereinfachster, aber äußerst wirksamer Konstruktion. Denn, wenn Vater, auf seinem Stuhl am alten Küppersbusch-Ofen in der Küche, mit der Hand hinter dem Rücken, unsichtbar für jedermann, an der Schnur zog, teilte sich die Straffung der Schnur dem Stiel des Glöckchens in der Spitze des Christbaums im Bescherungszimmer mit, der Stiel bewegte sich und mit ihm auch das Glöckchen, der Klöppel schlug an die silberne Innenwand des Glöckchens an und erzeugte diesen hellen, zauberischen Weihnachtston.

Oh, ihr sinnreichen Rückkoppelungen der Mechanik, ihr geschlossenen Regelkreise der Technik, wie unwiderlegbar sind doch die Kausalitäten des mechanischen Materialismus! Du heilige Maschinentheorie des Lebens, wie einleuchtend sind doch

Ursache und Wirkung miteinander verknüpft. Man zieht an einer Schnur, und zugleich läutet ein Glöckchen: da gibt es kein Bestimmtsein vom Ende her, o nein, da waltet nicht eine geheimnisvolle Finalität, da ist die Natur mit ihren unwandelbaren Gesetzen am Werk, und wer nur die Wirkung erfährt, ohne die Ursache zu kennen, der muss wohl oder übel sein ganzes Leben an den lieben Gott glauben.

Um sechs Uhr abends hatte Vater seine empfindliche Apparatur installiert und geprüft. Sie hing an einem seidenen Faden. Er riskierte einen Zusammensturz auf rationaler Ebene, um einen Zusammensturz auf irrationaler Ebene zu verhindern, ja er riskierte ihn nicht nur, er nahm ihn in Kauf. Sein Traum, das Christkind als mechanisches Wesen sollte Wahrheit werden.

Als wir gegen halb sieben Uhr alle zusammen in der Küche saßen, ertönte plötzlich aus dem Bescherungszimmer das Weihnachtsglöckchen. Da saßen wir alle vier, mein Vater, meine Mutter, mein Bruder und ich, und drüben im Wohnzimmer ertönte das Weihnachtsglöckchen. Heiliger David Hume, ist die Kausalität nun wirklich nichts anderes als eine Absprache, als eine alltägliche Gewöhnung, eine simple Illusion? Vater, Mutter, Bruder und ich saßen in der Küche, und im Wohnzimmer tönte das Glöckchen. Mein Bruder und ich eilten über den Flur und traten auf die Schwelle der Wohnzimmertür: da hing das Glöckchen in der Spitze des Christbaums, bewegte sich, von unsichtbarer, zauberischer Hand gezogen, hin und her, und kein menschliches Wesen außer uns beiden weit und breit!

Auf der Treppe wurde es lebendig, von oben herunter kamen Tante Trautchen, Onkel Nicolas und Gertrud, von unten herauf kamen Opa, Oma und Tante Erna, alle standen sie plötzlich um uns herum, sahen sich gegenseitig an und schauten in die Höhe, und in der Spitze des Christbaums schwang das lustige Glöckchen hin und her. „Kling, Glöckchen, klingelingeling?“, stimmte meine Oma an, und alle sangen wir: „Kling, Glöckchen, kling!“ Wir sangen: „Süßer die Glocken nie klingen!“ und wir sangen:

„Am Weihnachtsbaum die Lichter brennen!“ und tatsächlich, die Kerzen brannten und das Glöckchen klang, und draußen in der Küche bewegte mein Vater den extra starken Zwirnsfaden und renkte mit brachialer Gewalt sein mechanisches Weltbild und unser baufälliges Glaubensbild wieder ein. Ja, brachial ist das angemessene Wort, denn Vater führte seine Operation mit dem Körperteil aus, zu dem sich der Glaube verhält wie die Gedanken zum Gehirn, die Galle zur Leber und der Urin zu den Nieren, nämlich mit dem Arm. „Du hast einen gewaltigen Arm!“, heißt es im 89. Psalm, „stark ist deine Hand, und hoch ist deine Rechte!“, und das trifft genau auf meinen Vater zu. Ja, der Glaube und der Arm, wenn diese beiden Kräfte zusammenspielen, kunstvoll und kausal, dann ist es, als ob Engelein singen, wie es unwiderlegbar im Weihnachtslied heißt.

Mit einem Male blitzten die Wunderkerzen auf und warfen ihr glitzerndes Licht in die Krippe mit der bunten Kuh und auf die Geschenkpakete mit den goldenen Schnüren, immerzu klang das Glöckchen, es hatte nie süßer geklungen, und nie würde es süßer klingen, in alle Ewigkeit nicht. Erst als mein Bruder und ich die Geschenkpakete geöffnet und geplündert hatten, verstummte es wieder.

Aber da hatten wir längst kein Ohr mehr für das Tönen und kein Auge mehr für das Schwingen des Glöckchens übrig. Geschenkbeladen, mit heißen Backen, umringt von Onkeln und Tanten, von Opa und Oma, stiegen wir die Treppe hinunter zu einer neuen Bescherung, zu neuen Wundern und neuen zauberischen Klängen. Denn als wir nun, mit dem Blick auf den großmütterlichen Rauschgoldengel, noch einmal alle Weihnachtslieder von vorne sangen und gerade bei der Stelle angelangt waren, wo es heißt: „Schlaf in himmlischer Ruh!“, da brach von oben her ein solch ohrenbetäubendes Getöse auf uns herab, als habe sich der Himmel geöffnet und schütte alle Zimbeln und Lauten der Engel, alle Trommeln und Pfeifen, Silberglocken und Perlenketten samt Kugelglas und Goldlametta über uns aus; wer weiß, vielleicht zum Lob und Preis unserer wundersamen Glaubensrettung.

Mein Vater hatte reinen Tisch gemacht. Er hatte nicht nur unser Misstrauen in alle Winde zerstreut und unseren Argwohn mit Stumpf und Stiel ausgerottet, o nein: er hatte wahrhaftig das Unterste zuoberst gekehrt und das Blendwerk der Bekehrung in Schutt und Asche gelegt. Mag sein, dass es aus seinem Gefühl der Erleichterung oder womöglich aus dem Bewusstsein des Erfolgs heraus geschehen war, jedefalls, er verhakte sich mit seinem Fuß dermaßen kunstgerecht in seine Apparatur, dass ein einziger Schritt das folgenschwere Desaster auslöste.

Gütermanns Nähseide bewies ihre Reißfestigkeit und die Apparatur meines Vaters ihre sinnvolle Anordnung. Der heftige Zug mit dem Fuß setzte das Hebelwerk in Gang, und unabwendbar nahm das Naturgesetz seinen Lauf: Die Schnur zog die Spitze des Baums über den kritischen Neigungswinkel hinaus, und das Werk brach zusammen. Wie es meinem Vater und seinem Glaubensstand entsprach, entwickelte sich ein akustisches Ereignis von fast unbeschreiblichem Ausmaß: wortwörtlich ein Heidenlärm, ein Heidenspektakel.

Die Kerzen lösten sich aus ihren Haltern, fielen über den Tisch und gossen Stearin über Stühle und Weihnachtsfiguren. Die Kugeln hakten sich von den Ästen los, stürzten zu Boden und zersprangen in tausend Splitter. Engelshaar und Lametta schwebten durch den Raum, sanken auf funkelnagelneue Schuhe und Sockenhalter nieder und kräuselten sich im Feuer. Ja, ein Feuer hatte sich entfacht, denn über all dem lag der schöne Christbaum, zersplitter und zerschellt, die Nadeln hatten Feuer gefangen und das Weihnachtspapier ging in Flammen auf.

Da stand die Kuh in der Krippe, zwischen versegten Schafen und abgerissenen Hirten, ein Bild des Jammers. O Kerzenlicht, o Kerzenwachs! Ihr Fell war schwarz verraucht, und unter ihren Augen hing die blanke Träne, dick wie ein halber Kopf.

Ja, es ist bitter, wenn eine Kuh weint.

Mit Wasserstürzen rückte Vater der Feuersbrunst zu Leibe, und nach wenigen Minuten war unser Bescherungszimmer, das zuvor noch ein Abbild des mechanischen Zeitalters gewesen war, das Sinnbild von Sodom und Gomorra, ein Trümmerfeld, ein Scherbenhaufen, eine Walstatt der menschlichen Anmaßung. Aber Vater war kein Mensch, der verzagt und sich geduldig in ein unheilvolles Schicksal gefügt hätte. Auch wenn alles in Scherben fiel, er richtete es wieder auf, und sei es nur, damit es beim nächsten Mal wieder in die Brüche gehen konnte.

Vater sagte: „Noch emòl so e Baam, unn mir brauche Kuchele aus Eise!“

Hans Jager:

Ooh Tannebaam

Mei Vadder, Mudder, isch, mei Brieder
hann gesung die Weihnaachdslieder,
hann uns Mieh genn, ware braav.
Bis doohin wars ganz gudd gelaaf.
Mir ware graad schunn am Bescheere,
doo dudd e lauder Schrei uns schdeere:
„Ach Godd, ach Godd,
de Grischdbaam brennd!“
Mei Mudder wars unn iss gerennd
unn schläähfd e Äämer Wasser bei.
Inzwische hadd mei Vadder glei
die Wolldegg vunn der Kaudsch geriss,
dabber uff de Baam geschmiss
unn Degg unn Baam feschd zuugedriggd.
Doo sinn die Flamme schnell verschdiggd.
Mir heere wie die Kuchle grache
unn käänem vunn uns wars zem Lache.
Jeddsd hadd mei Vadder schunn gemennd,
weil de Baam joo nimmeh brennd,
er kinnd die Degg erunner holle.
Das hädder bleiwe losse solle.
Er brennd zwar nimmeh, doch er raachd
wie e Schorschde in die Naachd.
Die Gardiene genn schunn schwarz,
es rieschd noo Waggs unn Tanneharz.
Am allermeischde schdinggd die Woll
vunn der Degg die Buud uns voll.
Naja, mir hann dann schnell gelifd.
Mei Vadder hadd e Schnabbs geschdifd.
Der brauche mir, uff denne Schregg.
Mei Mudder kehrd die Scherwe wegg
unn gebbd uns drugge die Belehrung:
„Das doo war jeddsd die zwedd
Bescheerung.
Hoffendlisch kummd kämmeh dridd.
Dann mach isch awwer nimmeh midd!“
Dann hann mir midd vereinder Grafd
uffgeraumd unn hanns geschaffd,
de Oomend irjendwie ze redde,
bevoor mir gang sinn in die Bedde.

❞Gudd emool: Gesputzt sei Vadder!❞

Detlev Schönauer (französischer Kneipenwirt aus Jacques' Bistro):

Weihnachtsahnung

Oh la - bin isch gestern aber verschrockt! War isch gewesen in die Stadt, für endlisch zu holen die Fotos von unsere Ürlaube. Und da hab isch gedacht, was ist das denn - so viele Leut, und alle so hektisch. Also, Sommerschlussverkauf es kann nischt sein, dazu ist schon zu spät. Da isch komm in die Kaufhof und da isch seh die Rätsel Lösung: Tannenbäumschen, Weihnachtskügel, und Nikoläuschen. Und ein Kinderchor versprischt uns: Morgen Kinder wird's was geben. Was morgen schon? Ist schon wieder so spät? Kaum geht die Temperatur unter 5 Grad, hängen die schon wieder die Weihnachtsbeleuchtung auf. Verfeuern die teure Strom. Aber bon, bezahlen ja die Händler. Pas de Problème: die schlagen einfach auf die Weihnachtsliederplatte von Heino 2 Euro Beleuschtungszuschlag drauf. Dafür die tausend Glühbirnen aber auch brennen bis Mitternacht für zu locken die Kunden.

Und über alles klingt weihnachtlisch: es rieselt der Schnee, die Kinderlein kommen und die Kling Glöckschen klingelingelingeln bis zum Erbreschen. Ach, was freu isch misch schon auf die Weihnachtsmarkt was ist immer vor meine Bistro. Die schöne Thüringer Holzspielzeug, handgemacht in die Fabriken von Hong Kong. Oder die pflegeleischten Plastiktannenbäumschen mit garantiert ungiftigem Schneeflocken-Imitat. Über allem der betäubende Glühweinduft - oui, die Weihnacht wirft voraus die Schatten. Wenn die Menschen strömen in die Geschäft', auszuwählen die Geschenke für ihre Lieben, wenn sie sisch viel friedlischer anrempeln als sonst, dann man kann sie wirklisch schon erahnen: die Stille Nacht.

Werner Treib:

Et Saaluia Jeeseskendchin

Drai Saaluia woren of de häälijen Owend - moins - en de Kirch gang. Foa em Jeeseskendchin de Gudden aan se doun. Voahäär woren se noch bai da Pipper (Kaufhaus Pieper), foa Myrrhe se kaafen. Weil da Pipper kää Myrrhe hòtt, hòtt dat Jeeseskendchin e paa gudder Fatzen Rangoles on Weihrauch kréit. Wie se ren wollten, hòtt der ään gesaat: „Hallen nua joa auer Schnesser, sonscht es dat Jeeseskendchin vergeschtert (verängstigt)!“ „Lou moll lòò, lòò leida, dat gutt Beifchen elòò“, hòtt dann doch der ään gepeschbert, wie se voa aam Kreppchin gestann hodden.

„On wämma sich voaschdellt, wat dat Kendchin lòò schbääder naus alles metgemach hat, dat kamma sich net voastellen“, hòtt der zwäät gemennt. „Wat wor dat en armer Daiwel, schon als Kend. Jeeses, Marja, Schosäf! Se hodden kää Schaff, kää Wärdiko, kää Kréibank on naischd. Se hodden aach kää Kabäußchin, kää Aijentomswohnong on kää Haischin. On dann woren dòò noch der greilich Hearr Rodes on sai Fraa, de Frau Rodes hennerm heär, foen of de Sait ze schaffen. Awwa, dòò hodder noch de Kraft van de Zwai Heazen“, verzellt der drett.

A bä, se hodden hin net kréit. Da Hond hodden de Schneß geleckt. On dat wor gutt esou, sonscht hädder net kennten sai Wonner vollbrengen. Dat - wou aach die drai Saaluia emmer draan denken messen - wor dat scheinschde Wonner, wou a dat Haufen Wassa en Beaujolais verwannelt hòtt. Dat wor der eascht Beaujolais Primeur. Awwa dòòdanòò hodder aangefong sich en de Daudeschdeln (Distel) se hucken.

Wie a die Schlosseklopper, die Dickärsch, die Schnuddelfräßer on Fresspänz ausem Tempel gejäät on die Strauchmèrder gutt genneet (versohlt) hòtt, dòò hotter sich aan't Gale.i braat. Dòò wor't komm, wie't hat kommen messen: Aant Kraiz hann sen geneelt (genagelt). Awwa - on dat es gutt esou - et wor kää Saaluia dòòbai gewein.

Charly Lehnert:

Kerzenlicht - ein besonderer Zauber und Glanz

Von Zündkerzen soll hier nicht die Rede sein. Diese Funkengeber von unscheinbarer Gestalt und technischer Ausstattung sind als Starthilfe in wegen ihrer Wirkung auf die Fortbewegung von Automobilen äußerst faszinierend. Ich spreche vom Zauber und Glanz des Kerzenlichtes. Denn in der dunkleren Jahreszeit, vor der Adventszeit und zu Beginn der Weihnachtszeit, beschert es uns feierliche und festliche Stunden. Sind die Kirchen immer noch die wichtigsten Bezieher von Kerzen? In diesen Tagen lässt mich das riesige Kerzen-Angebot in Ausstattungabteilungen, Blumengeschäften und Drogerien daran zweifeln. Kerzen, in früherer Zeit notwendige Lichtspender, schenken uns seit Erfindung des elektrischen Lichtes festlichen Schein. Sie verwandeln Menschen und Räume. An Gedenkstätten sind sie Zeichen für Seelen und leuchtende Mahnzeichen.

Das Wort Kerze leitet sich vom althochdeutschen Wort „karz“ ab. Kerzen werden aus Wachs, Paraffin oder Stearin hergestellt. Ich erinnere mich daran, dass ich im Jahre 1975 für den ersten Alt-Saarbrücker Weihnachtsmarkt die „Echt Saarbrigger Knibbelkerz“ erfand und herstellte, in der Badewanne in lauwarmes Wasser getaucht. Kerzengerade, Knoten in der Mitte, fertig. Ich verwendete hierfür lange Kommunionskerzen aus Stearin, mit Bienenwachs überzogen, hergestellt in einer Kerzenfabrik im Raum Trier. Damals habe ich mir sagen lassen, reiner Bienenwachs sei zu teuer. Aus liturgischen Gründen wäre Stearin als Kunstwachs verboten. Kerzen müssten zumindest in Bienenwachs eingetaucht worden sein. Dann wären sie für den kirchlichen Gebrauch zugelassen. Das ist wie bei den Schwäbischen Maultaschen: Damit der

Liebe Gott das Verzehren von Fleisch in der Fastenzeit oder jeweils an Freitagen nicht bemerkt, packt man in dieser süddeutschen Region die würzige Fleischfüllung in Nudelteig ein. Deshalb nannte mein schwäbischer Onkel Karl diese Maultaschen, sein Lieblingsgericht, immer „Herrgottsbescheißerle". Verräterisch!

Kerzenzieher, die Kerzen in Handarbeit herstellen, gibt es nur noch wenige. Durch Eintauchen der Dochte in flüssige Kerzenmasse werden Kerzen neuzeitlich „gezogen". Bei jeder Umdrehung bleibt Wachs am Docht hängen. Kerzen werden zumeist industriell hergestellt, einfach oder bizarr geformt, vielfach eingefärbt und verziert. Kerzen sind zu allen Jahreszeiten beliebt, entfalten eine gemütliche Atmosphäre.

Meine Mutter löschte Kerzenflammen immer mit Spucke zwischen Daumen und Zeigefinger. Ausblasen erzeuge Stinkerei, meinte sie. Fachgeschäfte für Innenausstattung mit edlem Design bieten wohlgeformte Kerzenlicht-Löschstäbe an. Je nach Geschmack modern gestylt, aber auch reich verziert in Geschenk-Boutiquen, die auf „Gelsenkirchener Barock" spezialisiert sind.

Im November sind die Tage kurz und die Abende lang. Es beginnt die Zeit der Kerzen. Denn Licht der „candela" beruhigt, verschönt jedes häusliche Fest. Kandelaber verschönern die Festtafel, lassen Kulinarisches und die Gäste im besten und schmeichelndem Licht erscheinen. Beim einem zauberhaften Diner mit lieben Freunden oder Bekannten zu Hause – oder einfach nur zu zweit. Aber auch bei Galas, Veranstaltungen in öffentlichen Räumen, neudeutsch Events genannt. Jedoch nicht solche, wo man einen höllisch teuren Eintritt bezahlt - und dann am Buffet halb verhungert in der Warteschleife steht.

Manchmal ist es schlecht, oftmals aber gut, wenn man durch das milde Licht der Kerzen nicht genau sieht, wer auf der anderen Seite der Tafel Platz genommen hat.

Werner Treib:

Aam Häälijen Òwend òmends

Aam Häälijen Òwend
hat jeeder e scheen Gesicht
ònn sei bescht Schdeck
Schdoft aam Laif,

Aam Häälijen Òwend
dankt mer em Härrgott
fi.er sei Bou.

Aam Häälijen Òwend
hat jeederäänen sei Tuppen
en da Karasch geloss
ónn sei Naupen
en da Badbitt.

Aam Häälijen Òwend
well jeedar sei Grombern
óff Porzellan.

Aam Häälijen Òwend
wiard sougoar da Klensch
abgebotzt.

Aam Häälijen Òwend
derer da Opa sei Säazklowen rauchen,
ónn se probi.aren
all sei Medizin aus Kuetschen.

Aam Häälijen Òwend
traut sech kääner laut
se pubsen.

Aam Häälijen Òwend
sengt dat klään Claudia
sou scheen,
äs bai da Oma
da Pottmonnee neme zouhalt.

Aam Häälijen Òwend
gett et e gans Gans,
ónn wejen em Opa Pürree.

Aam Häälijen Òwend
ass et Hierz vull
ónn dii grouß Pann.

Margret Roeckner:

Meine Mutter erzählt

Die Feste meiner Kindheit waren doch die schönsten. Damals gab es sogar in der Stadt noch Schnee, ich konnte nachmittags auf die Eisbahn zum Schlittschuhlaufen oder mit dem Schlitten, dcm Davoscr, dic ganze steile Straße herabfahren in rasender Fahrt, meinen Bruder Wilhelm mit seinen Schlittschuhen als Leitfahrer vorne und ich in seinem Schutz und Schatten. Es war eigentlich gefährlich, denke ich heute. Freilich, damals gab es noch keine Autos.

Trotz dieser winterlichen Vergnügen war die Zeit bis Heilig Abend endlos. Am ersten Adventssonntagmorgen waren wie jedes Jahre unsere Puppen verschwunden. Wir wussten, meine Schwester Margret und ich, daß die Mutter für sie neue Kleider nähte, Mützen, Schürzen und Nachthemden -, mit Hilfe des Christkindes, das wir so gerne einmal sehen wollten. So sehr gerne - wenigstens ein bisschen. Manchmal war morgens im Wohnzimmer noch ein Fitzelchen Stoff oder Band zu finden oder auch ein goldener Faden und wurde von uns wie ein Heiligtum aufbewahrt.

Kurz vor Weihnachten kam die Weihnachtsgans wie jedes Jahr ins Haus. Deshalb gab es zum Mittagessen am Heiligen Abend in Kartoffelgemüse gekochtes „Gansgeschlecht“, für uns Kinder eine ganz schreckliche Sache. Alles, was von der Gans zum Braten nicht taugte, Flügel und Kopf und Beine, war da gekocht worden und wurde zum Abnagen serviert. Es war Krieg, es durfte nichts umkommen, das Essen war knapp und eine Gans eine Kostbarkeit. Mir hat es immer „gegraust“.

Nach dem Essen machten die Eltern wie immer ihr Schläfchen, jeder in seiner Sofaecke sitzend mit einem kleinen Kissen im Nacken. Nicht lange - eine Viertelstunde nur. „Nur ein Viertelstündchen“ stand auf dem einen Kissen gestickt zu lesen. Nach dieser Schnaufpause hatten wir Kinder das Wohnzimmer zu räumen. Die Eltern wollten den Christbaum schmücken. Wir wussten, wie das jedes Jahr vor sich ging: Vater wird die Kugeln aufhängen, zuerst die eine weiße, die Wilhelm zur Geburt bekommen hatte, dann Margrets und zuletzt meine schöne blaue Kugel, die der Vater der Mutter anläßlich meiner Geburt geschenkt hat - für mich - dann alle übrigen. Mutter hat sie sorgfältig ausgepackt, abgestaubt und wird sie ihm zureichen. So hatten wir es erspäht durch die Türspalte.

Letztes Jahr. Wir Kinder saßen, jedes mit einer stillen Arbeit beschäftigt, in Margrets Zimmer und warteten. 0h, wie wir warteten. Die Zeit wollte heute garnicht vergehen. Könnte man nicht die Uhr vielleicht ein bisschen . . .?

Aber nein, der Vater muss noch Zeit haben nach dem Schmücken des Baumes, seine Schokoladetafel zu kaufen, - wie jedes Jahr - für die Mutter. Sein einziges Geschenk. Sie hatten verabredet, die Eltern, daß sie sich nichts schenken wollten. In keinem Jahr war so viel Geld vorhanden, dass sie sich dieses Versprechen nicht zu geben brauchten. Deshalb kaufte Vater wie jedes Jahr ganz zum Schluss dann doch: eine Tafel Weiße Eszett-Schokolade ein und brachte sie uns Kindern zum Einpacken, - in ein schönes weißes Papier, - wie er sagte. „Damit ich sie noch beschriften kann!“ Wir wussten das schon vorher und hatten bereits von einem unserer Schulhefte die Klammern gelöst, um aus der Mitte ein ganz schönes und unzerknittertes Blatt herausnehmen zu können.

Wir hatten natürlich schon Tage vorher einen schönen Wollfaden organisiert. Vater schrieb nun mit seiner schönsten Schrift - er war ja Lehrer für Kunstschriften - „meiner lieben Maria“ auf das Päckchen. Jetzt konnte es Weihnachten werden. Wir wussten, Mutter hatte inzwischen in aller Stille für Vater ein Paar selbstgestrickte Socken eingepackt.

Die bekam er auch jedes Jahr - aus der allerfeinsten Wolle. Aber wir Kinder, auch was wir bekamen war uns bekannt. Es war trotzdem ganz neu, wenn das Glöckchen klingelte und Vater mit strahlenden Augen die Tür für uns öffnete.

Da saßen die Puppen in Reih und Glied auf der Lehne des Sofas nebeneinander, die Gesichter gewaschen, die Haare frisch gekämmt, die Zöpfe geflochten mit neuen Bändern geschmückt und trugen jede ein neues Gewand.

Ihre gesamte Ausrüstung an Kleidern war gewaschen, geflickt und erneuert und türmte sich auf den Seitenrollen des Sofas. Neue Hexenstiche um den Halsausschnitt und dem Saum des Nachthemds, die Heidi! Und Tusnelda prankte in einem roten Samtmantel, Holder hatte eine neue Mütze mit Matrosenbändern.

Auch die Puppenküche war wieder da, sauber und glitzernd blankgerieben das Zinngeschirr, der Zuckermörser aus Messing, und an der Rückseite der Küche war der Gänsestall mit einem neuen Riegel versehen und beherbergte tatsächlich zwei neu ausgesägte, bemalte Gänse. Vier kleine Kerzen waren aufgesteckt und beleuchteten die ganze Herrlichkeit. Und hatte der Wilhelm nicht wieder seine Dampfmaschine?

Einmal aber, es war überwältigend, stand mitten im Zimmer direkt neben dem Christbaum auf Rädern eine wunderschöne große Katze mit weichem Fell bespannt. Und sie hatte einen Schnurrbart, so lang und kühn. Er zitterte ordentlich um ihre Nase. Ich war zuerst sprachlos, konnte nicht glauben, was meine Augen sahen, ging darauf zu und fasste sie an, die Katze Maunz, - es war die reine Seligkeit.

An diesem besonderen Abend durften wir lange aufbleiben. Ich zog alle meine Puppen aus und legte sie, mit ihren neuen Nachthemden bekleidet in ihr Wiegenbett und sang sie in Schlaf. Bis mir selbst die Augen zufielen.

Der nächste Morgen fand uns lange vor unseren Eltern wach. Wir schlichen in das schöne Weihnachtszimmer, das so zauberhaft nach Christbaum roch, Wilhelm zündete an der Puppenküche die kleinen Kerzen an und ich ließ meine Puppen aufstehen.

Jeden Tag in den Weihnachtsferien legte ich sie ins Bett und ließ sie aufstehen, auch wenn ich mich sonst das ganze Jahr über nicht um sie gekümmert hatte. Dann fing ich an zu warten.

Schon während meine Mutter mir die Zöpfe flocht, rutschte ich unruhig auf dem Stuhl hin und her.

„Glaubst du Mutter, dass der Walter heute noch gewiss kommt?" Der Walter, das war mein Spielkamerad, und er kam sonst sonntags nie. Am ersten Weihnachtsfeiertag aber war stets die große Ausnahme eingetreten, dass er um halb 10 Uhr in der Glastüre stand mit einer großen Tüte voller Weihnachtsplätzchen, mit gedörrten Apfelschnitzen und Birnenhutzen und sagte: „Wenn es die Frau Rehm erlaubt, darf ich bis 12 Uhr bleiben!" Dann nämlich erst konnte mit der Puppenküche richtig gekocht werden.

Die Plätzchen wurde mit dem kleinen Puppenreibeisen gerieben, Mutter stiftete noch Haferflocken dazu, die Hutzeln wurden geschnitten und mit dem Wiegemesser gewiegt, die Nüsse im Mörser gestoßen und klein gedrückt der Zucker. Ja, und dann gab es Apfelküchle in der Pfanne gebacken auf dem Kochherd, der mit Spiritus geheizt wurde. Als Nachtisch Götterschaum! aus einem Löffelchen Marmelade und einem Eiweiß geschlagen. - Geschlagen und geschlagen bis es eine ganze Schüssel voll wurde. Es schmeckte. Nichts hat je so unvergleichlich geschmeckt.

Nichts war je so unvergesslich.

Friedel Ehrbächer:

Friejer unn heit

Was hann mir friejer uns gefreit
Uffs Schlittefahre, wanns geschneit
Doch heit huggt schunn
das kläänschde Luder
In da warm Schdubb
vor sei'm Computer

Mit drei hann mir im Batsch gespielt
Unn uns sauwohl dòbei gefiehlt
Heit hat de Klään
noch Pampers an
Dò maan der schunn
e Game-Boy hann

Im Kinnergaade durfte mir
Mit Farb verschmiere es Papier
Doch heit lernt unserm Nachbar seins
Dort schunn es Klääne-Einmaleins

Was hann mir friejer lang gespart
Fier Rollschuh odders erschde Rad
Heit flieje die vum Taschegeld
Mit vierzehn um die halwe Welt

An Weihnachte wurd noch gesung
Es Chrischdkind hat e Pupp gebrung
Die Jugend heit maan nur noch Knete
Unn ab gehts uff die Weihnachts-Fete

Die heidisch Zeit gebbt immer schlimmer
Do grien die Kinner jò schunn Kinner
Doch das kam friejer aach schunn vor
Awwer nit so oft in äänem Jòhr

Jetzt will ich bei da Wòhrhäät bleiwe
Unn nit so furschdbar iwwerdreiwe
Weil, friejer wars faschd so wie heit
Nun war das e ganz annri Zeit!

Schorsch Seitz:

Der Arme und der Reiche

Vor vielen, vielen Jahren, als der liebe Gott noch selber unter den Menschen wandelte, trug es sich zu, dass er in der Weihnachtszeit auch einmal in das Saarland kam. Er bummelte über den Weihnachtsmarkt, trank hier einen Glühwein, plauderte da mit einem Händler über das Geschäft und landete schließlich in einem Gasthaus, wo er sich bis zur Polizeistunde angeregt mit den Gästen unterhielt. Nun war der Herr rechtschaffen müde, aber die Herbergen hatten bereits alle geschlossen, und Geld für ein Taxi hatte er auch nicht.

Als er sich von der Gaststätte entfernte, bemerkte er in der Ferne ein schönes, großes Haus, in dem noch Licht brannte. Der Herrgott dachte bei sich: „Hier wohnt ein reicher Mann, dem werde ich wohl nicht beschwerlich fallen, bei ihm will ich übernachten."

Der Reiche, als er an seine Tür klopfen hörte, machte das Fenster auf und fuhr den Fremdling barsch an: „Was haschd du dann doo an meinem Haus verlor?"

Der liebe Gott antwortete: „Ich bitte um ein Nachtlager."

„Ich glaab, dir geht's noch gudd", antwortete der reiche Mann, „mitte in de Naacht. Mach, dass du Land gewinnschd, sonschd ruf' ich die Polizei!" Damit knallte er sein Fenster zu und ließ den lieben Gott alleine in der Kälte stehen.

Als dieser wieder gehen wollte, sah er in dem kleinen, armseligen Häuschen gegenüber ebenfalls noch Licht brennen. Kaum hatte der liebe Gott angeklopft, da öffnete ihm ein armer Mann und bat ihn, einzutreten: „Komm erinn, ich kann eh net schloofe. Kannschd mir Gesellschaft leischde!"

Das gefiel dem lieben Gott und er trat zu ihm ein. Die Frau des Armen, die ebenfalls noch wach war, reichte ihm die Hand und sagte, er möge es sich nur bequem machen. Der Mann ging in den Keller, holte die letzten Flaschen Pils herauf, während seine Frau Kartoffeln schälte, um einen echten saarländischen Dibbelabbes zuzubereiten. Und als der Tisch gedeckt war, setzte sich der liebe Gott nieder und aß mit ihnen, und die schlichte Koste schmeckte ihm gut.

„Ebbes besseres könne mir uns zur Zeit net leischde“, sagte der Mann, „ich hoffe awwer, daß es Eich schmeckt!“ Der Herrgott bejahte und spülte mit einem Schluck Pils nach.

„Wisse Se, mei Mann is nämlich arwedslos, doo fählt‘s hinne un vorre“, meinte die Frau und erzählte von ihren Nöten und Sorgen: „In drei Woche is Weihnachte, un mir hann noch net emool Geld um de Kinner ebbes Scheenes ze kaafe!“, meinte sie betrübt.

Ihr Mann sprach: „Wenn das so weitergeht, misse mir es letschde, was mir noch hann, vakaafe, uff ähnmool noch unser Häusje. Ich wääß bald nemmeh, wie's noch weitergehn soll. Hann mich doch iwerall beworb, bin awwer immer abgelehnt wor. ‘s is zum Verzweifle.“ So saßen sie bis spät in die Nacht hinein, redeten und redeten, und der liebe Gott hörte sich alles an und merkte es sich. Und als es Schlafenszeit war, baten die beiden Leute den lieben Gott, in ihrem Bette zu schlafen.

„Mei Fraa un ich, mir schloofe uffem Sofa, das hann mir schon öftersch gemach, wenn Besuch doo war.“

Der liebe Gott wollte den beiden ihr Lager nicht nehmen, aber sie ließen nicht ab, bis er es endlich tat und sich in ihr Bett legte; sie selbst legten sich auf dem Sofa nieder.

Am anderen Morgen, als der liebe Gott beim Abschied in der Tür stand, drehte er sich um und sprach: „Weil Ihr so mitleidig und gut seid, so wünscht Euch dreierlei, das will ich Euch erfüllen.“

Da sagte der Mann: „Ooch, wemma nur all gesund bleiwe dääde un ich widder schaffe gehn könnt, das dääd schon reiche."

Der liebe Gott sprach: „Willst Du Dir nicht ein neues Haus für das alte wünschen?"

„Ei joo, das war doch e scheen Sach", erwiderte die Frau, „so ääns mit Doppelglas-fenschdere, wo's nemmeh so erinnzieht."

Der Herr erfüllte ihre Wünsche. Schon um halb elf kam mit der Post ein Schreiben vom Arbeitsamt. Der Postbote dachte, er habe sich in der Adresse geirrt, denn er stand vor einem schönen neuen Haus mit großen, weißen Doppelglasfenstern. Aber der Mann, der gestern noch arm und arbeitslos gewesen war, klärte ihn auf und erzählte ihm, was sich in der Nacht zugetragen hatte.

Auf dem Alt-Saarbrücker Weihnachtsmarkt

Es war schon voller Tag, als der Reiche aufstand. Er ging ans Fenster und sah gegenüber ein schönes, neues Haus mit roten Ziegeln, wo sonst eine alte Hütte gestanden hatte. Da machte er große Augen, und weil gerade eben auch bei ihm der Postbote in der Tür stand, fragte er den, ob er wisse, was da wohl geschehen sei.

„Mir is das doo aach net ganz geheuer", meinte der Postbote und erzählte dem Reichen die Geschichte, wie er sie von dem Mann gegenüber selbst gehört hatte.

„Verflixt un zugenäht!" brach es aus dem Reichen heraus, „ich Depp hann mir noch selbschd alles versaut. Der Alt' war heit naacht aach bei mir gewehn. Un ich Esel hann ihne net erinn geloss. Ich hann gemennt, das war irgendso e Gammler. Kannschd joo net jeden grad so ins Haus holle. Wo komme ma dann doo hin!"

Seine Frau, die dabei stand, schalt ihn aber einen Trottel: „Jesses, bischd du awwer aach bleed! Beeil dich, kannschd 'ne vielleicht noch inholle. Un dann gugg zu, dass du dir drei Wünsche verlangschd. E Pelzmantel un e Mercedes müsse drin sinn. Jetzt mach un hall druff!"

Der Reiche raste mit seinem Cabrio stadtauswärts und entdeckte den lieben Gott noch rechtzeitig, wie er an der Autobahnauffahrt stand und in Richtung Mannheim trampte. Er hielt neben ihm an und bat ihn einzusteigen: „Komm nur erinn, doo drin isses warm", sprach er mit wohlwollender Stimme, „wohin geht's dann, mei Gudder?"

„In Richtung Mannheim", sagte der liebe Gott.

„Gebongt!" meinte der Reiche jovial, trat aufs Gaspedal und fegte mit 180 Stundenkilometern über die Autobahn. Der liebe Gott schüttelte den Kopf über einen so unvernünftigen Fahrstil und schnallte sich vorsichtshalber den Sicherheitsgurt um.

„Heer mool zu", meinte der Reiche nach ein paar Minuten, „das mit geschdern ohmend, das muschd du net so eng siehn. So spät ohmends. Ich hätt dich joo noch erinn geloss. Awwer mei Fraa! Die macht doo immer gleich Palaver, besonnerschd, wenn sie jemand net kennt. Pass uff, wenn du 's näägschdemool widder kommschd, dann ruf' schde vorher aan, dann wisse mir gleich Beschääd. Dann geht die Sach klar."

„Ja", sprach der liebe Gott, „wenn ich einmal zurückkomme, will ich es tun."

Nach einer Weile fragte der Reiche, ob er nicht auch drei Wünsche tun dürfe, wo er ihn doch jetzt im Auto mitgenommen habe. „Ja", sagte der liebe Gott, das dürfe er wohl, es wäre aber nicht gut für ihn, und er solle sich lieber nichts wünschen. Der Reiche meinte, er wolle sich schon etwas aussuchen, das seinem Glück gereiche, wenn er nur wüsste, dass es erfüllt würde.

Am Rasthof Homburg bat der liebe Gott, anzuhalten. In seinem Alter könne er ein solch rasantes Autofahren nicht mehr ertragen, meinte er und stieg aus.

„Ääh, moment mal!" rief der Reiche, „kann ich mir jetzt ebbes wünsche oder net? Ich muss joo schließlich aach an mei Benzingeld denke!" „Fahr heim, und drei Wünsche die du tust, die sollen in Erfüllung gehen", sprach der liebe Gott und entfernte sich.

Nun hatte der Reiche, was er verlangte, raste heimwärts und fing an nachzusinnen, was er sich wünschen sollte. Er malte sich aus, wie es wäre Ministerpräsident zu sein oder schöne Dinge zu besitzen, zum Beispiel einen Mercedes, einen Bungalow oder eine eigene Brauerei. Er begehrte aber so Vieles, dass er sich nicht entscheiden konnte. Und wie er sich so bedachte, fing sein Auto mit einem Mal an zu schleudern, dass er abbremsen und den Randstreifen aufsuchen musste. Ärgerlich stieg er aus und bemerkte hinten links den platten Reifen.

„Sch...karre!", fluchte er laut, trat wütend mit dem Fuß gegen die Radkappe und rief: „Nix wie Ärjer hat ma heitsedaachs met denne Autos. Ich könnt dich grad uff de Mond schieße! Wärschde doch nur schon dort, kännschde graad verroschde!"

Wie er das Wort ausgesprochen hatte, erschrak er, denn das Auto war weg! Sein erster Wunsch hatte sich erfüllt. Er machte sich zu Fuß auf den Heimweg. „Zwei Wünsche hann ich joo noch iwwerisch", tröstete er sich selbst.

Weil es aber schon mitten im Dezember war, fing er mit einem Mal schrecklich an zu frieren. „Mei Fra, die faul Supp, die hat's jetzt gudd", dachte er ägerlich, „die huggt dehemm, hat warm un guckt Fernseh. Un ich Idiot muss durch die Weltgeschicht tappe, nur damit die Alt e Pelzmantel kritt. Soll ihr doch ähner wachse!"

Und wie er zu Hause ankam und die Tür aufmachte, da kam ihm seine Frau entgegengelaufen, jammerte und schrie: „Guck emool, wie ich aussiehn! Das doo kann doch nur uff deinem Mischt gewachs sinn!"

Der Reiche wollte seinen Augen nicht trauen: Sein zweiter Wunsch hatte sich ebenfalls erfüllt und seiner Frau war am ganzen Körper ein dichter, flauschiger Pelz gewachsen. Er meinte beschwichtigend: „Komm, stell dich net so aan, ich wünsch' dir aach alles, was du hann willschd. Die Hoor muschd de halt draan losse."

Jetzt wurde seine Frau aber erst recht böse, schalt ihn einen Wüstling und verlangte, dass er auf der Stelle den Pelz vom Leibe wünsche.

„Mir sinn doch net im Urwald! Ich siehn joo aus wie die Frau Tarzan!"

„Ei, ma kennt's grad glaawe, wenn ma dich so schreie heert", entgegnete er und versuchte verzweifelt, den letzten freien Wunsch zu retten. Aber ob er wollte oder nicht, er musste den dritten Wunsch tun, dass seine Frau von ihrem Fell befreit würde; und der Wunsch ward erfüllt. Also hatte er nichts als Ärger, Mühe, Schelteworte und ein verlorenes Auto.

Der gutherzige Mann von gegenüber aber feierte vergnügt mit Frau und Kindern ein schönes Weihnachtsfest und danach ein Silvesterfest im neuen Haus.

Und wenn sie nicht gestorben sind, so leben sie noch heute.

Charly Lehnert:

Fromm und friedlich - oder frech und fröhlich

„Heit òmend kommt de Niggelòs, was will er denn von mir? Ich nemm ne an de Zibbelkapp un schmeiß‘ ne vor die Tür.“ So oder anders versuchten wir als Kinder, uns Mut zu machen, wenn der heilige Mann und Knecht Ruprecht unterwegs waren, Nikolaus und Belzeniggel mit der Rute. Im Jahr 1968, als man in WGs von Summerhill schwärmte, wurde im Zuge der antiautoritären Erziehung Knecht Ruprecht in seine Schranken verwiesen. Es war nun verpönt, Hand anzulegen und damit sein

pädagogisches Versagen zu zeigen. Vor Summerhill sagten viele Eltern: „Ich bin aach geschwaat wòòr - unn mir hat 's aach nix geschaadt!" Heute dürfen Kinder auch einmal ein bisschen frecher und lauter sein. Oder sind sie lieber geworden? Wer Liebe gibt, der wird auch Liebe empfangen, sagen die Seelenerzieher. Kann ja sein, dass früher vor Weihnachten alles viel frommer und leiser zuging.

Als die Bäuche leerer waren, waren die Kirchen voller. Manche Kirchenkritiker tun die Pflege der christlichen Inhalte als Brauchtum ab, das man nur zu manchen Anlässen pflegt und dann gern annimmt. Weihnachten ist eine Chance. Dazu muss man nicht fromm sein. Diese Zeit der Besinnung und des Friedens sollte alle Menschen dazu anleiten, mehr zu tun gegen Hass und Intoleranz. Wir können mehr Friede wagen in der Familie, im Umgang mit Nachbarn, mit Kolleginnen und Kollegen am Arbeitsplatz. Friede auf Erden werden wir dadurch leider nicht erreichen. Wir können aber damit bei uns selbst beginnen.

Wenn es nicht gedankenlos geschieht, ist es schöne Sitte, sich gegenseitig liebevoll zu beschenken. Die Ideenfindung konzentriert sich leider zumeist auf die Tage direkt vor dem Fest. Drei Wochen lang wird geschimpft: „Ich mach denne Konsumterror net mit!" Dann starten alle zum Hürdenlauf für 's Chrischdkindsche: „Kannschd jòò net mit leere Hänn unnerm Baam stehn!" Ist alles im Kofferraum verstaut, muss man sich belohnen. Wo? Natürlich in der Stammkneipe.

Wenn ein Saarländer was geschafft hat, muss er „driwwer schwätze". Wirte schätzen das neue Brauchtum, sich vor dem Heiligen Abend an der Theke einzustimmen. Manche halten als Service Weihnachtspapier und Tesa bereit zum „Päggscherpagge". So sind seit Jahren vor dem Heiligen Abend viele Kneipen rappelvoll. In Dreierreihen an der Theke. Da geht es zu wie im Film bei John Wayne im Western-Saloon: Unter dem Christbaum stehen und Lieder singen? Nix für harte Männer oder Mädels. Also stehen Sie am Tresen und trinken sich die Angst weg, statt nach Hause zu gehen in die Familie - um dort einmal Gefühle zu zeigen.

Werner Treib:

Weihnachtsfrääd

In dulci jubilo
et Weihnachtsgèld es dòò.
Onsers Hierzens Wonne
leit schon en da Tonne,
ball annerthalf Kilo.

O Jesu parvule
mi.a kréin e Kalefsfilet.
Dòòbai noch frésch Geme.is,
half sauer, halwer se.iß.
Drai Pond,
wann net noch me.ih.

Ubi sunt gaudia
dat sen moll sche.ine Daa.
Ma hiärt de Engel sengen
on de Glocken klengen.
en de Geschäfter aan da Saar.

Die gudd Määr

Ich bring euch eine gute Mär;
aich sen wei nemeh graad sou schwear.
Aich hann drai Kilo abgeholl,
dòò éss de Bocks net graad sou voll.

Et wor net emmer sche.in onn leicht.
Hòtt dicks nua fir de hûlen Zant gereicht.
Déer Panz wor lér ònn lér déer Blek,
aich hòtt bai demm Gewicht kää Glek.

Ich bring euch keine gute Mär;
aich sen wei nòmò graad sou schwear.
Mer woren gutt raus essen gang,
dòò hòddet nòmò aangefang

Johannes Kirchweng:

Wie Remigius die Weihnachtskrippe schnitzte

In der Küche gab es zwischen Herd und Fenster einen Winkel mit einer Bank und einem Tisch. Wenn man da saß, konnte man glauben, ein kleines Reich für sich zu haben, das eher zu dem hereindunkelnden Wald als zu der Welt gehörte. In diesem Winkel begann Remigius zu arbeiten. Der Stall, in dem das heilige Paar untergekommen war, hatte nichts Morgenländisches an sich, sondern war einem Kuh- oder Ziegenstall nachgebildet, wie man ihn vor ein paar Jahrzehnten noch überall an der Saar sehen konnte. Auch Maria und Josef schienen nicht von fernher gekommen zu sein, sondern aus einem der Gaudörfer des Landes. So waren sie gekleidet und so waren ihre Gesichter, verarbeitet, müde und ein bisschen schwermütig. Aber der heilige Joseph hatte seine Nase verloren und Maria einen Arm, und von dem vormals so kräftigen Blau und Rot ihrer Kleidung waren nur noch schwache Spuren zurückgeblieben.

Er gab sich also daran und machte dem heiligen Joseph eine neue Nase. Es war nicht leicht, dieses winzige Stückchen zu schnitzen und die Nase des heiligen Pflegevaters wurde ein bisschen mächtiger, als es hätte sein müssen. Aber der Arm der Muttergottes war ohne Tadel, ja, der Schnitzer gab ihr noch ein kleines Gefäß in die Hand, ein Milchtöpfchen vielleicht oder eine kleine Blumenvase, die mit ein paar Christrosen gefüllt zu Füßen der Krippe niedergestellt werden sollte.

Er war froh, als er mit den beiden heiligsten Gestalten fertig war und erst recht, dass es nicht notwendig war, an dem Kind in der Krippe etwas zu ändern, es lag da in einer ganz schlichten Holdseligkeit, die einem wohltat im Herzen, denn er fühlte sich ungemütlich bei seiner Aufgabe.

Wenn man sechs Jahre Soldat gewesen ist, nicht wahr, dann hat man nicht mehr die kindliche Seele, die man brauchte, um eine Art Herrgottsschnitzer zu sein. Aber dann gab es die Könige mit ihren Pferden und Kamelen. Da waren seine Finger vergnügt und emsig. Er schnitzte einen ganz neuen Mohrenkönig. Er schwärzte ihm Gesicht und Hände und hatte keine Ruhe, bis es ein glänzendes, spiegelndes Schwarz war und seine Schwester sagte: „Man meint, du hättest ihn lieber als Maria und Joseph und das Jesuskind.“ Aber das war nicht wahr. Er hatte nur keine Scheu vor dem schwarzen König und viel mehr noch als ihn liebte er die Hirten mit ihren Schafen. Es gab unter ihnen einen ganz alten mit einem guten und traurigen Gesicht. Er sah aus, als wisse er schon, daß dieses liebe Kind in der Krippe einmal allen Hass der Welt auf seine Schultern nehmen müsse. Und dann gab es den jungen, noch fast kindlichen Schäfer, der gar nicht so sehr erstaunt schien über das Wunder der Nacht.

Remigius schenkte ihm eine kleine hölzerne Honigwabe, und so klein sie war, man sah noch ein paar Bienen über sie herkriechen. Und dann die Schafe! Der Heimkehrer hatte große Herden auf dem Balkan gesehen, und er hatte einem Kameraden die Freundschaft gekündigt, weil er im Vorbeifahren an einer solchen Herde hielt, vom Wagen heruntersprang und ein vielleicht halbjähriges Tier mit der Pistole niederschoss, um es für eine Mahlzeit am Abend mitzunehmen. Aber die Balkanherden waren fremd gewesen. Dieses hier war vertraut. Sie konnten jetzt über die abgeernteten Felder des Saargaues ziehen oder über die großen Wiesen im Tal, und sie gehörten dann zu dem ganzen Land, zu seiner winterlichen Ruhe und seiner winterlichen Trauer.

Dieses Dutzend armseeliger kleiner Holztiere war ihm ganz wie eine Schar lebendiger Wesen, und er liebte sie. Er heilte all die kleinen Schäden, die sie in 50 und mehr Jahren davongetragen hatten. Er fügte noch ein Dutzend Schafe hinzu und war bei dieser Arbeit so zufrieden, wie seit langem nicht.

Als die Schafe alle geschnitzt waren - eigentlich war es schon eine übergroße Herde - und als den Hirten in einer schon etwas übertreibenden Weise auch noch ein kleines Mädchen beigegeben war, da begann er auch noch einen Schäferkarren zu arbeiten. Man kennt diese leichten zweirädrigen Karren, die dem Schäfer erlauben, auch eine kältere Nacht bei seiner Herde zu verbringen. Sie sind nicht wie ein Haus oder auch nur wie eine Hütte, so wie ein Zigeunerwagen wohl sein kann. Sie sind eher wie eine Verdeutlichung, wie eine Verdichtung jener zarten, kaum angedeuteten Sicherheit, die irgendwo im Herbstland in der Mulde zwischen zwei Hügeln sein kann. Mehr sind sie nicht.

Aber Remigius fasste eine plötzliche Liebe zu dem, was er da schnitzte. Es war ihm nicht, als wenn er an einem Spielzeug schneide und glätte, sondern an einer Kammer, die ihn morgen oder übermorgen aufnehmen solle. Er war mit seinem Herzen dabei, und es bewegte ihn tiefer und mächtiger als die Arbeit an der Krippe des Kindes. Es war ihm vom ersten Messerschnitt an, als wenn er sich da in eine eigene Zuflucht hineinschaffe und -bohre. In der Scheune hatte noch der Stamm eines Kirschbaumes gelegen, davon sägte er ein armlanges Stück, ließ es sich in geeignete Bretter zerschneiden und arbeitete mit dem schönen Holz nach einer Zeichnung, die er sich angefertigt hatte. Erst den Kasten mit einer Türe, deren Oberteil man gesondert öffnen konnte, und einem Fensterchen, das er auch mit Läden versah. Dann Achse, Räder und Deichsel und eine einfache Vorrichtung, um den Wagen fest zu stellen. Erst hatte er ihn grün anstreichen wollen. Aber dann sah er das schöne gemaserte Holz und begann, es liebevoll zu polieren.

Er empfand bei all dem eine Art von Glück und Zufriedenheit, die er seit langem nicht gekannt hatte.

Detlev Schönauer (Kneipenwirt aus Jacques' Bistro):

Weihnachtsbaum

Oh la - da stand er in die Eck - und hat sisch geschämt. Was? Unser Tannenbaum, wenn man ihn überhaupt kann so nennen. Oui, normallement an die Weihnachtsbaum die Lischtlein brennen. Aber was für welsche glitzernde, bunte, kleine Halogenstrahlerschen mit Disco-Automatic und Fernbedienung, was blinkend verkündet die Ankunfte von die Messias: Damit wir haben unser groß Familien-Weihnachts-Palaver für diese Jahr hinter uns. Aber diesmal nischt wegen die Geschenke, sondern wegen das was da drüberstand: wegen die Baum, also - wegen diese glitzernde Etwas.

Das ging ja schon vor Wochen los: Da wollten die Kinder schon ganz früh eine Weihnachtsbaum. „Nix", isch hab gesagt, „wer weiß, wie lang so ein Tann bleibt frisch. Steht ja nischt einmal eine Haltbarkeitsdatum drauf. Am Schluss sie schmeißt ihre Nadeln weg schon an die 3. Advent und steht nackisch und bloß vor die Christkind." „Was eine Quatsch! Nimm doch eine Plastikbaum", meinte mein Tochter Nicole, „hab isch welsche gesehen in schrillem Pink, affengeil!" Oui, das wär super-in. Isch bin aber hyper-out und will ein PVC-freie Zone in meine Haus. Und darin eine rischtisch schöne edle Baum mit eschte Bienenwachskerz!

„Du Umwelt-Sünder", hat mein Tochter geschreit. „Bäume-Killer", der kleine Oliver hinterher. Naja, und dann strahlte in die Eck eben so eine künstlisch Gebilde mit Nikolaus-Pins, Kugel von die Plexiglas und obendrauf eine Kunststoff-Engel mit eine Chip in sein Bauch, was piepse digital die Stille Nacht, bis hoffentlisch bald die Batterie ist leer.

Darunter wollten die Kinder dann noch aufbauen ihre Zeit-Geiste-Krippschen. „Nix", isch hab gesagt, damit könne ihr meintzweschen verschandeln Euer Zimmer. Und nehme die schrecklisch Baum grad mit!"

Dort stehen sie jetzt: der unweihnachtlisch Disco-Baum und drunter die 'Kripp'. Wirklisch totalement 'in': In eine rosa Plastik-Wohnmobil badet ein langbeinisch Barbie Pupp 'Mary' ihre kleine Baby 'Jessy', davor füttert 'Little Joe' als Punker in die Lederjack die Dinos auf dem Felde, und darüber hängt die Raumschiff Enterprise mit ein paar außerirdische Hirten in die Landeanflug.

Kann isch nur noch schreien: „Fröhlisches Weihnachten!"

Doris Niedenzu:

Weihnachtsmeditation

Schön ist es
diese Stille zu hören
zu sehen
wie sie sich ausbreitet
auf Stühle und Tische legt
die Wände emporsteigt
den Raum ausfüllt
uns umfängt
und in uns ruht.

Schön ist es
wenn sie uns fortträgt
hellwach versunken im Sein

Schön ist es
diese Stille zu atmen
ungefilterte Kraft einzusaugen
Antrieb für Künftiges
Zündfunke Lebensgedanke
Altes und Neues vermischt
ständig wachsender Inhalt
durch lebendige Stille verstärkt

Schön ist es
wir
du und ich zu sein

Charly Lehnert:

Seelenmassage hebt den Umsatz

Ein Einkaufsbummel in der Vorweihnachtszeit ist nicht immer ein Genuss. Vor allem kein musikalischer. Obwohl ich ein ausgesprochener Musikliebhaber bin, kein Purist. Meine Lieblingstitel finden sich weniger in der Folklore, eher in der Klassik, im Pop-Rock und vor allem im Jazz. Aus manchen Geschäften muss ich jedoch fliehen, weil die musikalische Untermalung für mich unerträglich ist. Berge von Süßigkeiten versperren mir den Zugang zu den Kassen. Ohne Pause berieselt mich süßlich-babbische Musik, weihnachtliche Schnulzen. Zugegeben, die weihnachtlichen Dekorationen in den Geschäften und Verbrauchermärkten sind oft sehr geschmackvoll gestaltet. Da macht ein Einkaufsbummel Spaß und man freut sich, bei einer solch großen Vielfalt von Angeboten ein passendes Weihnachtsgeschenk gefunden zu haben. Aber die Musik!....

Ich denke, Musik kann und soll uns erbauen, in Stimmungen versetzen. Sie kann aber auch furchbar nerven und Kunden vertreiben. Ich weiß, dass es für Supermarkt-Kunden uninteressant ist, wenn beim Einkauf über Lautsprecher zwischen Werbehinweisen auf Joghurt- und Putzmittel-Sonderangebote verkündet wird, dass „Maria durch einen Dornwald ging". „Stille Nacht" im Hintergrund ist störend, wenn die Kassiererin die Rolle wechselt und ihre Kollegin um rasche Hilfe bittet: „Frau Backes! Kannschde emòòl komme!" Verkaufsfördernder ist sicherlich am Ort des Konsums ein fröhliches „Morgen, Kinder, wird's was geben...", ein „Jingel Bells", „Merry Christmas", ein süßliches „White Christmas" oder Weihnachtslieder von deutschen Schlagerstars.

Umsatzstrategen peilen in diesen Tagen verstärkt unsere Seele an und in direkter Nähe unseres Herzens die Geldbörse. Weil 's Chrischdkindsche kommt, wollen sie uns verführen, erleichtern und uns schnell die Euros abholen. Da ist Seelenmassage durch Soulmusik willkommener Helfer. Und die liefert derzeit die Musikindustrie einfallslos

und in unerträglicher Monotonie nach immer gleichen Rezepten: Zwei bis drei Soul-Ladys singen im Background eine kurze Zeile auf maximal zwei Harmonien. Die Tontechnik schneidet den Musikfetzen auf dem Computer auf vier Minuten Länge hundertmal hintereinander. Unterlegt wird dann noch Dröhnbass und elektronisches Schlagzeug mit der musikalischen Qualität einer langsam laufenden Nähmaschine. Sodann stellt man ein Pop-Mädel, eine Lady ins Studio und lässt diese in englischer Sprache ellenlang zum Thema „Oh, Baby-Baby“ und „I love you“ jodeln. Diese musikalische Kreation beschreibt Meins, was Ahnung hat, auf gudd Saarländisch so:

„Ähs jaumert erum, als hätt 's
diss Jòòhr vom Chrischdkindsche
nix kritt!“

Charly Lehnert:

Der Weihnachtsmuffel und die Weihnachtsmaus

Erstaunlich ist es, dass sich in Zeiten der Globalisierung die Figur der Lucia, der Heiligen mit Lichterkranz, immer noch nicht durchgesetzt hat. Von ihr leiten sich Bräuche ab von unten in Sizilien bis oben in Schweden. Alljährlich am 13. Dezember hat sie ihren Gedenktag. Würden Werbeleute die Lucia als Werbefigur entdecken, statt immer nur rotweiße Weihnachtsmänner herumlaufen zu lassen, hätten wir endlich einmal eine Weihnachtsfrau, eine mit wunderschönem Lichterkranz.

Die Werbefigur Weihnachtsmann hat gegenüber dem traditionellen heiligen Nikolaus einen großen Vorteil: Er kommt nicht nur an einem Tag, er kann wochenlang als Promotiongestalt eingesetzt werden, erfreut Kinder und Erwachsene und klettert seit Jahren sogar an vielen Häuserwänden hinauf. Alle Jahre wieder werben Weihnachtsmänner und auch mit rotweißen Mützen und Mänteln als Weihnachtsmänner verbòòzte Frauen verkaufsfördernd für Produkte und Dienstleistungen. Auf Gag- und Fun-Cards abgebildet tragen sogar Hunde, Zwerghasen und Meerwutze rotweiße Zipfelmützen und gucken dabei dumm aus dem Fell. Oh, wie lacht da Groß und Klein.

Das Geheimnisvolle alter Weihnachtsbräuche hat in der Spaßgesellschaft immer weniger Platz. Knecht Rupprecht droht nicht mehr. Die Menschen wollen einfach Spaß haben und Freude am Schenken. Es gibt jedoch auch Weihnachtsmuffel.

Ich erinnere mich an einen solchen. Es war Mitte der 1960er Jahre. Wir nannten ihn damals „Onkel". Er war ein Unternehmer. Auch am Heiligen Abend „unternahm" er die Anderen, behielt stets das erste und letzte Wort. Er war immer der Entscheider.

Süßer die Glocken...

Einmal lud er zu Weihnachten meine damals dreiköpfige junge Familie zu sich in seine Familie ein, packte eine Menge riesiger Pakete unter den Weihnachtsbaum und rief: „Kinder, es ist a l l e s da, beschert euch, macht euch alle einen schönen Abend, aber, seid mir bitte nicht bös, ich muss jetzt ins Bett! Ich bin fix und fertig!“ - Solche Bescherungen ersparten wir uns in der Folge.

Weihnachten, das hatte ich in meiner Jugendzeit zu Hause in Dudweiler anders erlebt. In unserer evangelisch-lutherischen Familie kam noch ’s Chrischdkindsche. In der Adventszeit, wir sagten Atzwentzzeit, duftete es wochenlang in der kleinen Wohnung nach Weihnachtsplätzchen. Denn bereits in den ersten Dezembertagen, wenn es draußen klirrend kalt war und die untergehende Sonne am Winterhimmel die Wolken rot färbte, sagte meine Mutter: „Guggen mòòl, ’s Chrischdkindsche backt Plätzjer!“

Nun holte sie aus der Kommode die Backgeräte hervor, die Blechfiguren zum Ausstechen von Buttergebäck, die Backzutaten und was immer sie sonst noch zum Backen benötigte. Unser Ofen wurde gut mit Holz und Koks angeheizt. Das war noch ein richtiger saarländischer JEGA-Herd, so einer mit heraushebbaren Ringen über den Feuerstellen, links mit einem Wasserschiff ausgestattet und unten mit schön geformten, gusseisernen Löwenfüßen. Als alles gerichtet war, begann meine Mutter mit ihrer Backzeremonie, bei der wir helfen durften. Sie schuf in zwei bis drei Tagen einen enormen Vorrat an Weihnachtsgebäck, den sie, wenn wir draußen auf der Straße zum Spielen waren, irgendwo in der Wohnung versteckte, an Orten, die wir nicht kannten. Meinte sie....

Am Tag vor Heiligabend war die Tür zwischen der Wohnküche und dem Wohnzimmer, der „Gudd Stubb“, mit einer Wolldecke fast schalldicht zugehängt, denn dahinter werkelten unsere Eltern, dort geschah Geheimnisvolles. Wir Buben ahnten etwas, aber wir machten mit Flöte und Geige Hausmusik. Unser Vater, der aus Bayern stammte, liebte ein gewisses Zeremoniell im Jahresablauf. Jedes Jahr holte er in den ersten Aventstagen vom Speicher, wo sie verwahrt lag, eine alte Zither runter in die Wohnung.

Vater hatte sie vor langer Zeit aus seiner bayerischen Heimat mitgebracht und sie als Souvenir an seine alte Heimat stets geachtet. Auch in der Zeit, als er in der Pfalz unsere Mutter kennenlernte. Die Zither überlebte auf wundersame Weise den Zweiten Weltkrieg, Zeiten, in denen auch meine Mutter zusammen mit ihren drei Buben 1939 und 1942 vom Saarland aus in die Evakuierung verschickt wurde. In Hunger- und Notzeiten. Denn als Mutter auf Hamsterfahrten unterwegs war, hat sie die Zither nie gegen Lebensmittel eingetauscht. Als unser Vater nach Kriegsende wieder zu Hause war, vergingen Jahre, bis er sich wieder an seine Zither erinnerte. Bespielt hat er sie jedoch nie.

Mich faszinierte schon als Kind dieses seltsame Musikinstrument. Ich erfuhr, dass es eine sogenannte Gitarr-Zither war. Der schwarze, hölzerne Ressonanzboden war an manchen Stellen mit Ornamenten und figürlichen Darstellungen verziert. Sie war im rechten Teil mit Metallsaiten bespannt, die es zuließen, Tonleitern von mehreren Oktaven zu spielen. Unter die Saiten konnte man vorgefertigte Blätter schieben, auf denen mit Linien und Punkten die Tonfolgen von allerlei Musikstücken aufgezeichnet waren, von „Ännchen von Tharau“ bis“ „Vom Himmel hoch...“. Auf der linken Seite waren Akkordstränge gespannt, im Bündel jeweils vier Saiten für die Begleitakkorde zur Melodie. Auf dieser Zither übte ich in den Tagen vor Weihnachten Lieder ein und spielte sie, von meinen Brüdern mit Blockflöte und Geige begleitet - während hinter dem Vorhang die Eltern zusammen mit dem Chrischdkindsche werkelten und dachten, wir seien mit unserer Hausmusik in der Küche derweil gut aufgehoben.

Was unsere Eltern nicht wissen konnten war, dass bereits mehrere Tage vorher, oben auf dem Schrank im elterlichen Schafzimmer, die Weihnachtsmaus heimlich zugeschlagen hatte. Sie hatte sich unbemerkt über den Inhalt der dort verstoppelten Gebäckdosen hergemacht. Was wir Buben wiederum nicht wissen konnten war, dass unsere Mutter und ’s Chrischdkindsche auf Grund jahrelanger Erfahrung bereits vorsorglich größere Mengen gebäckelt hatten. So waren auf wundersame Weise die Blechdosen am Heiligen Abend immer gut gefüllt. Der Weihnachtsmaus zu Trotz.

Die Weihnachtsgeschicht

von Ludwig Harig ins Saarländische übertragen

Das war domols gewähn,
wo de Kaiser Auguschtus
die Leit hat wolle zehle losse,
die wo in seim Land geläbt han.

Es wars erschte Mol,
wo die Leit gezehlt wor sind,
un domols war de Cyrenius de Ewwerscht in Syrie.

Un allegar sin se hingang,
wo se uff die Welt kumm sin
for sich zehle se losse.

Do hat sisch aach de Joseph uff die Bään gemach
un ist von Nazareth, das wo in Galiläa leit,
no Bethlehem gelaaf, das leit in Judäa,
weil er änner von Davids war.

For dasser gezehlt werre sollt
mit em Maria, das wo sei Fraa war,
un es war in annere Umstänn.

Un wie se hinkumm sin,
do wars grad an de Zeit,
dasse e Kind hat solle krien.

Un do hat se ihr erscht Bubsche kritt
und hats in Winnele gewiggelt
un in e Krippche eningeleht,
weil se sunscht ka Platz gehat han
in der Wärtschaft.

In derselb Geschend ware Hirte uffm Feld,
die han naachts die Schoofe gehiet.

Un uff ämol is em liewe Gott
sei Engel bei se kumm,
un rund um se rumm hats nur so geleischt,
un sie ware ganz verzwaddert.

Awwer der Engel hat zu ne gesaat:
ihr brauche nit se verzwaddere,
gucke mich doch aan,
isch sin kumm for eich se saan,
dass na eich allmitenanner freie kinne.

Weil heit is de Heiland uff die Welt kumm,
es klän Jesuskindsche.

Ihr misse awwer uffpasse:
das Klän leit inneme Krippsche
un is in Winnele ingewiggelt.

Uff ämol ware bei dem äne Engel
e ganzer Haufe von annere Engele,
die han de liewe Gott in de Himmel gehob
un han gesaat:

Hutt ab vorm liewe Gott do owwe
un Ruh un Fried for die Welt
un dass es de Mensche gut geht.

Un wie die Engele dann widder
in de Himmel enin gefahr sin,
do han die Hirte unnernanner gesaat:
jetz gehmer mol no Bethlehem
un gucke uns emol die Geschischt ahn,
wo ma do verzehlt kritt han.

Do han se sisch gedummelt
un han die zwei gefunn,
es Maria un de Joseph
un aach das Klän im Krippsche leie.

Wie se's gesiehn gehat han,
sin se iwwerall hingelaaf
un hans all Leit verzehlt,
was die Engele von dem Klan gesaat gehat han

Un allegar, wos geheert han,
hans fascht nit kinne glaawe,
was die Hirte ne do gesaat han.

Es Maria awwer hat alles gutt behall
un nix meh vergess.

Un die Hirte han sisch erumgedraht
un sin hemmgang un han de liewe Gott
widder in de Himmel gehob
for alles, was se geheert and gesiehn han.

Seit 1975 auf dem Saarbrücker Schlossplatz und in den historischen Gassen: Weihnachtsmarkt Alt-Saarbrücken

Carl Schumann:

Heiliger Nikeloos

(Gedicht aus den 1930er Jahren)

Dort, wo im Wald die Eich geborscht,
Grad mitte, wo dr Uhu horscht,
Wo summenaachts, wanns mondehell
Die Nixe danze um de Quell,
Wo's Keizje ruft, die Otter schleicht,
Dr Marder un dr Ildis kreischt,
wo's Zwerjevolk iebt Schawweernack:
Dort packt dr Nikeloos sei Sack.

Hebt hoch ne met rer Melodie,
Saht seinem Esel hottehie,
un eb dr Mond noch kummt eraus,
tappt er schun längscht vun Haus zu Haus.
Wo Kinner froh sich ingefunn
Zur Mudder, in dr Schummerstunn
Klopp er met ähmol an die Dier:
Sinn liewe brave Kinner hier?

Erinn, erinn, Freind Nikeloos!
E Willkumm dir vunn Klään unn Groß!
Geh du dem Krischdkind nur voran
Unn schlah de Winter in de Bann!
Du trahscht, oh sel'jer Kinnertraam,
In jedes Haus e Lischterbaam! -
Es Dunkel weicht, die Naacht versinkt,
Unn fern schunn's Frielingsgleckche klingt.

Heinz Kölling:

Nur noch bunter Glimmer?

Der Kalender verliert in diesen Tagen seine letzten Blätter. Blättert mit den Jahren auch der festliche Glanz von Weihnachten ab?

Kein anderes Fest bewegt uns gleich tief, rührt uns so an, legt Wünsche, Ansprüche, Gefühle und Ärgernisse so bloß. Was eigentlich bedeutet uns Weihnachten heute noch? Oder anders gefragt, was haben wir aus Weihnachten gemacht? Sind wir noch bereit, dem Stern von Bethlehem als Zeichen des Friedens und der Versöhnung zu folgen, uns vertrauensvoll zu seinem Ziel leiten zu lassen?

Weihnachten ist ein religiöses, aber auch ein sehr persönliches Fest, für viele das innigste Fest im Jahr. Aber stimmt das noch mit der „Fröhlichen Weihnacht überall“? Sind wir nicht kräftig dabei, in der Unsicherheit unserer Gefühle die liebgewonnene Vertrautheit mit diesem Fest zu verlieren und seine Veränderungen zu beklagen, die wir selbst herbeiführen?

Frieden auf Erden - wir sehnen ihn herbei, beschwörend, hoffnungsvoll und hilflos zugleich. Waffenstarrend umschließt unsere Welt den Stall von Bethlehem, Kriege überziehen Länder und Kontinente. Und die meisten Herrschenden von heute sind nicht jenen demutsvollen Drei Königen gleich, die von weither aus dem Morgenland kamen.

„Siehe, ich verkünde Euch eine große Freude“. Die Stimme des Engels wird vom Getöse auf unserer Welt verschluckt. Gerechtigkeit und Versöhnung - sind sie noch Grundpfeiler unseres Handelns? Es wird auf- und nachgerüstet. Und nicht in der Liebe zum Nächsten wetteifern wir, sondern im Streben nach Einfluss und Geld.

Hat Weihnachten also noch seinen Sinn? Hat Resignation die Hoffnung besiegt? Das Paradies haben wir verloren, den Frieden auf Erden auch? Skepsis hat sich breit gemacht. Und dennoch: Wir können die Friedensbotschaft nicht oft und eindringlich genug wiederholen, sie nicht oft genug jedem bewusst machen.

Bewusstsein lässt sich wecken und schärfen. Haben wir das in den letzten Jahren nicht selbst erfahren? Beim Umweltschutz etwa? Wir sind sensibler geworden und haben dadurch auch politisch einiges bewirkt. Der Tannenbaum, den wir seiner grünen Blätter wegen so liebevoll besingen, ist so grün schon längst nicht mehr. Aber wir haben das Problem der Waldschäden erkannt, versuchen die Rettung, ehe es zu spät ist. Wir haben insgesamt gelernt, pfleglicher mit unserer Umwelt umzugehen, mit den Wäldern, dem Wasser, der Kreatur.

Hoffnung bedeutet so unendlich viel in unserem Leben. Und Liebe, die sich auf so vielfältige Weise ausdrücken lässt. Auch durch Geschenke, mit denen wir anderen eine Freude machen wollen. Aber wir beklagen gleichzeitig, dass Weihnachten immer mehr von seinem ursprünglichen Zauber und seinem Anspruch verliert und die Kommerzialisierung in fast unerträglicher Weise zugenommen hat. Doch wir sind es selbst, die allzuoft gedankenlos die falsche Richtung einschlagen.

Wie häufig hört man dies: „Als wir noch klein waren, gab es nicht so viele Geschenke und wir haben uns dennoch gefreut und waren glücklich." Aber auch hier sind wir es, die sich - alle Jahre wieder - ständig übertrumpfen wollen, die beim Festessen immer üppiger auftischen, so dass die Armut der Krippe oft nur noch fromme Mär ist. Wir bestärken dadurch jene in ihrer Kritik, für die das Fest der Liebe nur noch eine lieblose Konsumveranstaltung ist und die behaupten, dass der Weihnachtsstern lediglich noch als bunter Glimmer in unserem Wohnzimmer existiert.

Wenn wir „nicht werden wie die Kinder", werden wir mit Weihnachten wohl weiter unsere Probleme haben. Unterschiedliche und gemeinsame. Sind es nicht unsere eigenen Kindheitserinnerungen, die uns oft nicht loslassen und die uns heute in ganz persönliche Widersprüchlichkeit zu diesem Fest verwickeln? Hier ist erkennbare, oft bedrückende Realität in unserer Welt, dort die scheinbar so unirdische Botschaft vom Frieden auf Erden und dem Wohlgefallen.

Weihnachten setzt Gefühle frei. Wir rücken uns in diesen Tagen näher, auch in den Familien. Es ist ein Fest, an dem man selbst strapaziöse Reisen gerne in Kauf nimmt, um „daheim" zu sein. Tief in uns wohnt die Sehnsucht nach Geborgenheit und Wärme. Lichterglanz und Kerzenschein überdecken dabei Risse, die sich im Alltag auftaten. Doch in der Stimmung des Festes sind wir aufgeschlossener für die Not anderer, bereitwilliger zu spenden und zu helfen.

Weihnachten - ein Zwei-Tage-Alibi für ein ganzes Jahr, das keinen Platz für die Verwirklichung der Engel-Botschaft hat?

Es gibt dennoch Zeichen der Zuversicht, gelebte Beispiele für Nächstenliebe und Selbstlosigkeit. Hilfe für die Schwachen und Bedürftigen, die Alten und Kranken, Hilfe, die nicht nach Geld und Anerkennung fragt, die sich täglich in Krankenhäusern und Altenheimen, in der Betreuung Gestrauchelter, im Einsatz für Hilfsorganisationen beweist. Die Botschaft des Weihnachtsfestes muss also doch unter uns sein. Doch sie wird nicht von allen gehört. Die lauten Tagesereignisse haben viele taub gemacht.

Aber was an guten Vorsätzen, an Bereitschaft zur Aussöhnung in uns ist, darf nicht auf die kurzen Stunden des Festes reduziert bleiben. Auch ohne Tannenbaum und Kerzenschein sollten wir täglich die Weihnachtsbotschaft leben. Dann hätte der Stern uns doch noch ans Ziel gebracht. Aber bis wir das begriffen und befolgt haben, wird es noch lange hin sein. Wir können zwar mit Raumschiffen den Mond erreichen und den Sternen näherkommen, aber den Weg zur Krippe von Bethlehem muss jeder für sich selber finden.

Hans Bernhard Schiff:

Dialog zwischen Ochs und Esel

Ochse:

Es heißt, in jener Winternacht
hielten die Tiere einsam Wacht
vor diesem Stall in Bethlehem.
Nun ja, ich steh nicht grad bequem
und frag mich, ob es wirklich ist,
dass hier gebor'n der heil'ge Christ,
der schon so lang' erwartet wird -
wer weiß, ob man sich nicht geirrt.
Christ hin, Christ her: es bleibt dabei,
ich steh' hier draußen Wacht.
Wozu, warum, ist einerlei -
von saft'gen Wiesen, sonnigem Mai
träum ich indess, und bin so frei,
in finstrer Mitternacht.
Zwar sagen einige Gelehrte,
ich ständ im Stall, nicht vor der Tür -
dies nur, wenn jemand sich beschwerte,
ich käm ihm unhistorisch für.
Es bleibt dabei, ich steh' hier draußen -
dort drinnen ist schon garnicht Platz
für einen Herrn von Ochsenhausen,
der Stall ist groß wie für die Katz'!

Esel:

Du sagst, du stündest einsam hier:
Was bin dann ich am Ende?
Nicht weniger als du ein Tier,
berühmt durch die Legende.
Es heißt doch, Ochs UND Esel standen
in, am oder auch vor dem Stall -
Wie käme plötzlich ich abhanden?
das wär doch ein obskurer Fall.

Ochse:

Da du nun einmal nicht geschwiegen
und dich erhaben aufgeführt,
magst du ein Stück der Ehre kriegen,
die eigentlich nur mir gebührt.
Ich war's, der dich ins Freie stieß,
aus Höflichkeit und überhaupt,
indessen dich der Mut verließ?
War ich es nicht, der stets geglaubt,
dass Wunderbares uns so nah,
auch wenn wir es nicht deutlich sehn?
(zum Optiker müsst' ich mal gehn)
Mein lieber Freund, wär ich nicht da,

das Ganze könnte nicht gescheh'n.
Um mich dreht sich die Weltgeschichte,
und nicht um dich, das merke dir!
Damit den Vorgang ich berichte,
stehn wir an dieser Stelle hier.

Esel:

Du bist nicht wenig eingenommen
von deiner eigenen Person!
Wozu dann dieser eitle Ton:
willst du zu Fressen mehr bekommen?
Für uns ist's stets das gleiche Lied:
geduldig müssen wir es tragen,
was immer auf der Welt geschieht,
uns nützt da kein I A, kein Klagen -
Von Fürnehmheit red' ich nicht gern -
jedoch am Ende des Gedichts
wirst du geschlachtet, weiter nichts.
Indessen dien' ich meinem Herrn
noch auf besondre Weise:
Auf meinem Rücken, nicht bequem,
trag ich ihn nach Jerusalem
auf seiner letzten Reise.

Ochse:

Mein Freund, wir wollen uns nicht streiten:
du trägst und ich bewache ihn -
das übrige sind Kleinigkeiten,
lass uns an einem Strange ziehn.
Nicht wie die Menschen, die auf Erden
zwar allenfalls erwachsen sind,
jedoch der Friede will nicht werden,
wo immer sie am Werke sind!

Esel:

Und deshalb kam im Stalle hier
das Kindlein ja zur Welt.
Es bringt, das wissen Mensch und Tier
den Frieden auf die Welt.

Charly Lehnert:

Gims auf Gans und süße Verführung

Mal ehrlich, eine schöne weiße Weihnachtszeit haben wir nicht so oft. So eine mit pulverig zartem Schnee und blauem Himmel. In unserer Erinnerung an die Kindheit ist das anders. Da hat es in jedem Jahr geschneit. Da konnten wir einen Adler im Schnee machen, jemand einen Schneeball an den Knausen werfen und uns eine Schleimerbahn anlegen. Und wenn es taute, bauten wir uns einen Schneemann mit Hut, Knopfaugen, einer Gelbrübe als Nase und einem Reißigbund in der Hand. Oder, wir formten eine Schneefrau, eine mit breiten Hüften und zwei halbkugelrunde Wölbungen als Busen. So war das früher, als wir Freckerte wochenlang Schlitten fahren konnten, weil es jedes Jahr geschneet hat. Jedes Jahr!

Leise rieselt der Schnee. Die Ohren tun uns weh. Von der Kälte. Nach unserem Spaziergang durch den weißen Winterwald suchen wir schnell wieder die warme Stube auf. Ein schöner heißer Cortado, Espresso mit geschäumter Milch, ist jetzt das Richtige. Das selbstgebackene Sießkrooms steht zur Zeit ganz oben auf dem Speiseplan. Das wird Folgen haben. „Ich kann das Sieße nemmeh siehn!“, schummele ich. Meine Zunge ist schon wund vom Spritzgebackenen. Vom „Holzgebäck“ tun mir die Kinnladen weh. Halbmonde und Ausgestochenes mit „vill guddem Butter“. „Spitzbuuwe“ und „Terrassen“ mit „Sießschmier“-Füllung. Haselnuss und Mandelkern, Feigen und Datteln, Kokos, Anis, Nelken, Zimt, Vanille...

Seit dem 1. Advent habe ich das halbe Morgenland geschluckt und ich denke mir, eine Frau zu haben, die so gut backen kann, das ist der Segen des Himmels.

Wenn der Abend kommt, zünden wir den Kamin an, kramen den alten Plattenspieler raus, legen mit Genuss alte LPs auf und bald bereiten wir alles vor, um uns zu bekochen. Und während wir das zelebrieren, reden wir ständig davon - das ist typisch Saarländisch - , mit was wir uns wohl in diesem Jahr am Heiligen Abend verwöhnen. Denn das beliebteste saarländische Haustier ist die Gims. Wir haben Gims auf Gans.

Vor Tagen las ich, dass es mancherorts in der Gastronomie an Weihnachten „emool ebbes anneres gebbt", statt Gans oder Ente, mal Bisonbraten oder Känguru-Roulade. „Ich maan kenn Guru!", albert Meins. Vermutlich stehen Rentiersteaks deshalb noch nicht auf dem Speiseplan, weil der Weihnachtsmann mit diesem süßen Hörnervieh vor dem Schlitten durch den Winterwald jackert.

Wir bleiben der Gims und der Gans treu. Oder? Es könnte aber auch einmal eine Ente sein, ein schönes Perlhuhn... Denn nichts geht an Weihnachten über solch ein Flattervieh, gefüllt mit Kastanien und Korinthen, Pinien- und Mandelkernen, das schön lang in der Bratröhre geschmurgelt hat. Da brauche ich nichts Süßes...

Obwohl ich mich frage, warum ich alt Sießschniss nicht im Mai Spritzgebackenes essen darf oder im Juli Anisplätzchen. Denn Lebkuchen und Christstollen gibt es ja auch schon alljährlich in Supermärkten ab Mitte September, Osterhasen schon ab Mitte Februar und bunte Ostereier das ganze Jahr über.

Wenn das so weiter geht und wir baldganzjährlich und zu jeder Zeit unser unbändiges Verlangen befriedigen können - dann gibt es auch keine Gims mehr.

Charly Lehnert:

Die saarländische Weihnachtsgans

Gänsebraten mit Sauerkraut und Quitten gefüllt

Für 8 Portionen als Hauptgericht:

1 Gans
(5 kg, küchenfertig vorbereitet)
Salz
2 Dosen Sauerkraut (a 770 g)
300 g Zwiebeln
2 Porreestangen (800 g)
50 g frische Ingwerwurzel
200 g Kartoffeln
2 Tl frisch gemahlener Koriander
weißer Pfeffer (aus der Mühle)
500 g Quitten
150 g Quittengelee
3 El Apfeldicksaft
(aus dem Reformhaus)
150 g Möhren
150 g Petersilienwurzel
40 g Mehl
3 El Balsamessig

● Gänseflügel im Gelenk abtrennen und zerkleinern. Innereien (Herz, Leber und Magen) und Gänseflomen aus der Gans herausnehmen. Den Hals zerkleinern und mit Flügeln und Innereien beiseite stellen. Die Haut am Halsansatz stramm über die Öffnung ziehen. Mit Küchengarn oder Holzstäbchen verschließen. Die Gans innen salzen.
● Etwa 150 g Gänseflomen würfeln und in der Pfanne bei milder Hitze auslassen. Die Grieben mit einer Schaumkelle herausnehmen und beiseite legen.
● Sauerkraut ausdrücken, grob hacken. Zwiebeln pellen und fein würfeln, 1 Porreestange putzen und in dünne Scheiben schneiden.
● 4 El ausgelassenes Gänsefett erhitzen. Zwiebeln und Porree darin andünsten. Sauerkraut und restliches ausgelassenes Gänsefett zugeben, unter Wenden 8-10 Minuten dünsten.
● Inzwischen den Ingwer schälen und fein reiben. Die Kartoffeln auch. Beides mit dem Koriander unter das Sauerkraut mischen, mit Salz und herzhaft mit Pfeffer abschmecken.
● Die Quitten abreiben, schälen, auf der groben Seite der Haushaltsreibe so raspeln, dass nur das Kerngehäuse zurückbleibt. Kerngehäuse aufheben.
● Quittengelee und Apfeldicksaft im Topf erhitzen. Quittenraspel darin unter aufgelegtem Deckel 8 Minuten garen (sie dürfen nicht weich werden und zerfallen).

Die Quitten mit Flüssigkeit unter das Kraut mischen.
● Die restliche Porreestange, Mohren und Petersilienwurzel putzen und grob, würfeln, mit den Gänseinnereien, dem Hals, den Flügelspitzen, gewürfeltem Gänseflomen und Quittenkerngehäusen auf der Saftpfanne verteilen.
● Das Sauerkraut in die Gans füllen. Die Öffnung zunähen oder zustecken.
Die Flügelknochen unter der Gans am Rücken fest zusammenbinden.
Die Schenkel über der Brust zusammendrücken und fest zusammenbinden.
● Die Gans mit der Brust nach oben diagonal auf die Saftpfanne setzen, auf der 2. Leiste von unten in den vorgeheizten Ofen schieben und mit Wasser angießen.
Die Gans bei 200 Grad (Gas 3, Umluft nicht empfehlenswert) 2 1/2 Stunden braten.
● Nach 45 Minuten 2 Tl Salz in 1 El warmem Wasser auflösen. Die Gans damit bepinseln.
Mit einer Fleischgabel mehrfach in die Schenkel stechen, damit das Fett besser ausbrät.
● Sobald das Wasser verdampft ist und sich Röststoffe gebildet haben, während der ganzen restlichen Bratzeit nach und nach l Liter Wasser angießen.
Die Gans während der Bratzeit immer wieder mit Bratenfond beschöpfen.
● Die Gans nach 2 1/2 Stunden aus dem Ofen nehmen, mit der Brust nach unten auf einen Bratrost legen, wieder in den Ofen schieben und ein Backblech unter den Rost stellen. Die Gans 15-20 Minuten weiterbraten.
● Das Fett derweil so aus der Saftpfanne in eine Schüssel abgießen, dass nur die Röststoffe zurückbleiben. 3/4 l heißes Wasser in die Saftpfanne gießen und die Röststoffe lösen. Die Flüssigkeit durch ein Sieb in einen Topf umgießen, dabei die Rückstände gut ausdrücken.
● Die Flüssigkeit auf 1/2 1 einkochen. Das Mehl mit 5 El Gänsefett verrühren.
Den eingekochten Fond aufkochen, das Mehlfett mit einem Schneebesen einrühren und 10 Minuten kochen. Die Sauce mit Balsamessig und evtl. noch mit Salz und Pfeffer abschmecken.
● Die Gans auf eine vorgewärmte Platte legen, tranchieren, mit der Sauce begießen.

● Dazu gibt es: Semmelknödel.

Hinterher sagen alle:
„Es war emòl ebbes anneres!“

Charly Lehnert:

Ab und zu nehmen wir ab und zu

Trockenkaltes Winterwetter ist mir lieber, als das feuchtnasse! Diese altbekannte Volksweisheit verfolgt uns in jedem Winter, wenn wir Rudi und Helga treffen, liebe Bekannte, und nach einem „Unn-wie-geht's-dann“ das übliche saarländische Hasengespräch halten müssen. Das reicht vom Wetter bis zu wichtigen Fragen wie „Sah mòòl, was machen dann eigentlich die.... , ach wie heiße se dann noch?“...

In unseren Breiten sind die Winter oft kalt und verregnet, aber manchmal schneit es auch kräftig und die weiße Pracht bleibt ein paar Tage liegen. In Ausnahmefällen sogar mehrere Wochen. Trotzdem ist es spätestens Mitte Dezember an der Zeit, an das Einkaufen von Weihnachtsgeschenken zu denken, egal bei welchem Wetter.

In der Saarbrücker City sind wir beim Stadtbummel Gott sei Dank nicht so sehr vom Wetter abhängig. Denn die Arkaden in der Bahnhof-, Viktoria- und Eisenbahnstraße schützen uns, ebenso die unterirdische Fußgängerpassage, die uns zu den Läden dort, zu der kulinarischen Zeile, direkt ins Kaufhaus und wenn wir wollen, wieder rauf ins Tageslicht zum St. Johanner Markt führt, wo der Christkindlmarkt sich vier Wochen vor Weihnachten ausgebreitet hat. Wo auch immer - überall duftet es weihnachtlich und ringsum in den Lokalen wohnt die kulinarische Verführung. Und deshalb treffen wir auch dort zumeist gleichgesinnte Schmecklecker, liebe Bekannte. So auch heute.

Die beiden haben sich genau wie wir in weitgeschnittene Wintersachen eingemummelt. Die Folgewirkung ist, dass sie nicht unsere und wir nicht ihre Lifestyle-Röllchen sehen, die wir uns bereits in der Vorweihnachtszeit angefuttert haben. „Mir könne das Sieße nemmeh siehn", sagen sie und erzählen uns, dass sie sich für abends einen guten Gänsebraten, zwei schöne Keulen gekauft haben. Ich kenne ihre Gewohnheiten. Nach dem fetten Essen werden sie sich einen stark alkoholhaltigen Schnaps in den Magen gießen und sagen: „Das is gudd geje das ville Fett!"

Unser Gespräch über die Vermeidung und die Wirkung von fettem Essen bringt uns dazu, es ausnahmsweise an Weihnachten noch gelten zu lassen, aber danach doch mit guten Vorsätzen ins neue Jahr zu starten. Also suchen wir gemeinsam ein gemütliches Lokal auf und lassen es uns gut gehen. So machen Weihnachtseinkäufe Spaß.

Uns geht es wie den meisten Menschen: Jahr für Jahr folgen wir dem selben Zeremoniell. „Mir misse unbedingt abholle!" sagen wir. Es ist unklar, warum das ausgerechnet immer ab der ersten Januarwoche sein muss. Zu jedem Jahresbeginn kaufen wir uns Gastro- und Frauenzeitschriften, legen Sammelordner an mit Trennkostrezepten und „Abhol"-Programmen. „Viel Beweschung - das soll gudd sinn", behaupten wir, ziehen uns warme Sachen an und gehen, so oft es geht, raus in die frische Luft zu einem Spaziergang. Öfter jedoch als es für uns gut ist, wenn wir uns mit Freunden oder Bekannten verabredet haben, führt uns der für den Erhalt der Gesundheit notwendige Spaziergang aber - ins nächstbeste Lokal.

Es ist klar, ein paar Kilo sind zu viel, die müssen runter. Dagegen und dafür müssen wir etwas tun. Ein Blick auf den Kalender zeigt uns, nach Neujahr sind es nur noch wenige Wochen, dann ist wieder Frühlingsanfang. Dann beginnt im Saarland die fünfte Jahreszeit, die Grill-Saison. Dann wird der Schwenker ausgepackt und die Schwenker stellen sich an die Schwenker. Wir sitzen wieder zusammen auf der Terrasse, im Garten oder „am Markt". Die warmen Sachen kommen in den Schrank, T-Shirts werden ausgepackt und die leichten Sachen, die sich so dumm eng anschmiegen. „Naja, in unserem Alter is ma halt a bischen stattlicher!"

Quellennachweis:

Originalbeiträge:

Hans Jager: Kää Weinaachtslied (S. 24), Ooh Tannebaam (S. 36) / Charly Lehnert: Macht ein Licht an (S. 9), Fromm und friedlich - oder frech und fröhlich (S. 57), Seelenmassage hebt den Umsatz (S. 68), Der Weihnachtsmuffel und die Weihnachtsmaus / Werner Treib, Honzrath: Deer klään Wonschzettel (S. 12)

*

Erschienen in

„Nemmeh dehemm“, Internationale Zeitung für die Freunde des Saarlandes:

Friedel Ehrbächer, Dudweiler: Advent (S. 20), Frieher unn heit (S. 50) / Elmar Hein: Häälich Naht (S.16) / Charly Lehnert: Der globalisierte Weihnachtsmann (S. 17), Die saarländische Weihnachtsgans (S. 88) / Ab und zu nehmen wir ab und zu / Kerzenlicht - ein besonderer Zauber (S. 40) / Werner Treib: E Saaluia Jesseskendchin (S. 39), / Am Häälijen Òwend (S. 43), Weihnachtsfrääd, Die gute Mär (S. 60)

*

Erschienen in

„Das saarländische Weihnachtsbuch“ von Gerhard Bungert & Charly Lehnert, Lehnert Verlag 1988

Alfred Gulden: Häälich Òòmend (s. 26) / Ludwig Harig: Der Gott aus der Maschine (S. 27), Die Weihnachtsgeschicht (S. 75) / Johannes Kirchweng: Wie Remigius die Weihnachtskrippe schnitzte (S. 61) / Heinz Kölling: Nur noch bunter Glimmer? (S. 81) Gerd Meiser: Der Weihnachtshund (S. 13) / Doris Niedenzu: Weihnachtsmeditation (S. 66) / Margret Röckner: Meine Mutter erzählt (S. 45) / Hans Bernhard Schiff: Dialog zwischen Ochs und Esel / Schorsch Seitz: Der Arme und der Reiche (S. 51)

*

Erschienen in

„Unser scheen, freehlich Saar“, Gebr. Hofer, Saarbrücken 1933

Carl Schumann: Heiliger Nikeloos (S. 80)

*

Erschienen in

Saarbrücker Zeitung, Charly Lehnert, Stadtspaziergang:

Charly Lehnert: Pfeffernüsse und Blütenzweige (S. 21), Gims auf Gans und süße Verführung (S. 86)

*

Erschienen in

Detlev Schönauer: Jacques Bistro, Lehnert Verlag 1997

Detlev Schönauer: Weihnachtsahnung (S.30), Weihnachtsbaum (S. 64)

Alles über das Saarland 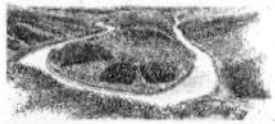 aus dem Lehnert Verlag

Lehnert/Bungert:
So schwätze mir
Sprachführer
Hochdeusch-Saarländisch
ISBN 978-3926320-09-4

Charly Lehnert:
DerDieDasDòò
Saarländische
Redensarten
ISBN 978-3926320-77-3

Charly Lehnert:
de Freggerd
Geschichten aus
dem Saarland
ISBN 978-3926320-90-2

Charly Lehnert:
's Guddsje
Originelles,Originale
im Saarland
ISBN 978-3926320-81-0

Charly Lehnert:
Liebe(s)Grüße
aus dem Saarland-
Geschichten, Gedichte
ISBN 978-3926320-73-5

Charly Lehnert:
Hinzuus-hemmzuus
Wenn Saarländer reisen,
Glossen, Geschichten
ISBN 978-3926320-94-0

Charly Lehnert:
Oh, wie kloor
Das saarländische
Witze-Buch
ISBN 978-3926320-54-4

Schorsch Seitz:
Schwenker Buch
zum Schwenker Kult
Schwenker-Rezepte
ISBN 978-3926320-72-8

Charly Lehnert:
Lyoner Buch
Geschichten und
Lyoner-Rezepte
ISBN 978-3926320-99-5

Charly Lehnert:
Lääwe+läwe losse
Geschichten und
Mundart-Gedichte
ISBN 978-3926320-92-6

Ria Seitz-Lehnert:
Ixe Dixe Silwerglixe
Lustige freche Reime
aus dem Saarland
ISBN 978-3926320-30-8

Charly Lehnert:
Weihnachten
im Saarland
Geschichten, Gedichte
ISBN 978-3926320-93-3

Cl+Ch Lehnert:
Hauptsach-**Gudd gess**
Rezepte der feinen
saarländischen Küche
ISBN 978-3926320-78-0

Claudia Lehnert:
Aus Dibbe & Pann
Rezepte der traditionellen
saarländischen Küche
ISBN 978-3926320-31-5

Charly Lehnert:
Die gudd Supp
Das saarländische
Suppenbuch
ISBN 978-3926320-95-7

Claudia Lehnert:
Dibbelabbes
Das saarländische
Grumbeerbuch
ISBN 978-3926320-58-2

Ria Seitz-Lehnert:
Sießschniss
Das saarländische
Backbuch
ISBN 978-3926320-79-7

Charly Lehnert:
Wie das Saarland
entstanden ist
Geschichte / Geschichten
ISBN 978-3926320-86-5

Die Bücher sind überall im Buchhandel erhältlich
oder über die Internet-Buchhandlung Lehnert

www.lehnert-verlag.de

LEHNERT VERLAG
Charly Lehnert
Tannenstraße 7
66129
Saarbrücken-Bübingen

Telefon (06805) 20786-0
Telefax (06805) 20786-1
lehnert-verlag@t-online.de

Der saarländische Atzwentzkranz